奇諾の旅 XII

—the Beautiful World—

時雨沢惠一
KEIICHI SIGSAWA

插畫●黑星紅白
ILLUSTRATION KOUHAKU KUROBOSHI

「山賊們的故事」

—Can You Imagine!—

山裡面有兩個山賊。

一個是已經超過八十歲，臉上布滿皺紋的老爺爺；另一個是看起來大約十幾歲的少年。

他們兩個人在某處山頂附近，從那裡可以清楚看見夾在中間既寬闊又綠油油的山谷，還有對面那座山光禿禿的地表，甚至連那邊的道路都看得十分清楚。

他們兩人都拿著大型望遠鏡，那座禿山的下坡道全都收在那圓圓的視野裡。

某一天那兩個人——

「長老，來了一輛車。」

「嗯，我也看到了。你觀察完之後再向我報告吧！」

「是的，那是一輛綠色的越野車，上面載滿了許多行李。開車的是一名身穿毛衣的黑髮年輕人。可以看到擺在他旁邊的是一把劍。副駕駛座則是一名嬌小的女孩子，在她兩腿之間有一隻白色的動物，應

另一天那兩個人——

「長老，來了一輛摩托車（註：兩輪的車子，尤其是指不在天空飛行的交通工具）。」

「嗯，我也看到了。你觀察完之後再向我報告吧！」

「是的，那是一輛銀色油箱的摩托車。後輪兩旁及上面都堆放了旅行用品。騎士身穿黑色夾克，右邊腰際懸掛著一挺左輪手槍。跟我一樣年紀很輕，是男孩……不對！她是女孩子！我們年齡相仿，所以看得出她是女的！是非常可愛的女生喲！好可愛哦……」

「嗯，經你這麼一說，的確看起來是女孩子。眼睛大大的，相當漂亮呢——那麼，請你說說看那個摩托車騎士適不適合當我們的『獵物』？有沒有必要聯絡谷裡的伙伴襲擊她？」

「這很簡單！絕對要襲擊！因為，就算她佩帶了左輪手槍，畢竟只有她一個女生喲！根本就是天上掉下來的禮物！是超好下手的獵物呢！馬上聯絡大家吧，那輛摩托車可以賣到

「……………」
「有看到那女孩子座位旁邊突出來的圓筒嗎？那個就叫做榴彈發射器（Grenade Launcher），是能夠遠遠擊出手榴彈型彈頭的武器。要是中了那玩意兒，就會有好幾個人被轟飛掉。而且那隻狗的鼻子很靈敏，只要我們埋伏在附近就很容易被發現。因此他們不是我們能夠襲擊的目標。」

高價喲！」

「不行，根本是零分。」

「為、為什麼呢，長老？我實在不懂耶……」

「讓我分析給你聽吧。要在沒有法律也沒有警察的世界旅行，是非常非常危險的事情。隨時隨地遇到像我們這樣的山賊襲擊，算是很稀鬆平常的狀況。」

「正因為如此，女孩子獨自旅行不正是最好下手的目標嗎？」

「完全相反，千萬不要被對方的外表矇騙。所謂『獨自旅行』，正等於『能夠一個人旅行』喲。你別看她那個樣子，可是擁有經歷許多生死關頭的高強功夫。要是隨便碰她的話，一定會給我們帶來莫大的損害。不能為了一輛摩托車而害許多伙伴喪命！」

「…………」

該是狗。」

「嗯——那麼，請說說看他們適不適合當我們的『獵物』？有沒有必要聯絡谷裡的伙伴襲擊他們？」

「是的——我認為，非常適合當我們的獵物。」

「嗯，說說看你的理由？」

「是的。那輛越野車是很罕見的車種，看起來應該能賣到高價。而且車上的行李也很多，應該有什麼可作為旅費的值錢東西。開車的男子看起來功夫不錯，但畢竟只有一個人，而且劍終究是敵不過子彈的。至於車上的女孩子跟狗，大可以不用在意。」

「嗯——有四十分，我們不能襲擊他們。」

「為什麼呢，長老？」

「首先，越野車的確可以賣到高價，這點是ＯＫ的。但是那男子卻散發著劍術相當高強的氣勢。還有，你仔細看那個女孩。你知道她握在手上的是什麼？」

「是黑色的圓形物體……是袋子嗎？還是洋娃娃？」

「不，是手榴彈。」

「我們要下手的，應該是那種自以為很厲害，於是不小心攻擊比自己還厲害的人——就像現在的你。」

「……。」

「別沮喪，你還年輕呢，往後再多學習就可以了。」

「是的……話說回來長老，聽說我們之所以像這樣事先監視，是從你加入襲擊小組之後才開始的。」

「沒錯，這是我提議的。」

「我覺得這是很棒的想法，你怎麼會想到要這麼做啊？」

「啊啊……那是發生在很久以前某一天的事情。當時還很年輕的我，跟著大夥兒一起攻擊路過的旅行

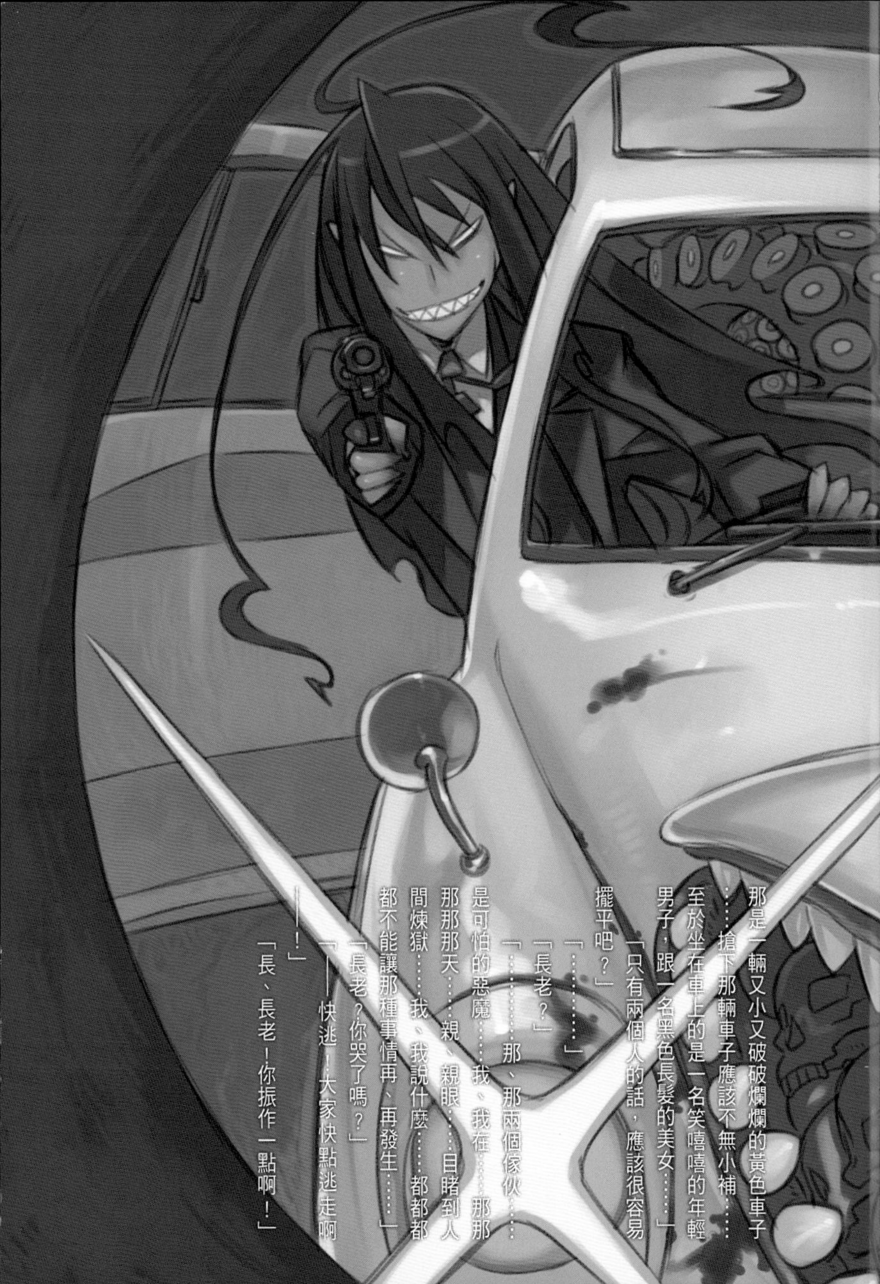
那是一輛又小又破破爛爛的黃色車子……搶下那輛車子應該不無小補……至於坐在車上的是一名笑嘻嘻的年輕男子，跟一名黑色長髮的美女……」
「只有兩個人的話，應該很容易擺平吧？」
「…………」
「長老？」
「……那、那兩個傢伙……是可怕的惡魔……我、我在……那那那那那天……親、親眼……目睹到人間煉獄……我、我說什麼……都都都都不能讓那種事情再、再發生……」
「長老？你哭了嗎？」
「——快逃！大家快點逃走啊——！」
「長、長老！你振作一點啊！」

「歡迎蒞臨，旅行者及摩托車先生。你們是第一次來這個國家嗎？」
「是的。」「沒錯喲。」
「那真是太好了，希望兩位在停留期間能玩得快樂。」
「謝謝。」「我們會那麼做的。」
「話說回來，很抱歉我有個不情之請——」
「什麼事？」「嗯？」
「其實，每當有旅行者入境的時候，我都會觀察並研究其旅行的風格，再對國民發表我的成果。因此我被眾人當做是『旅行者觀察家』，在這個國家算是小有名氣喲。」
「這樣啊……」『大概是怎麼樣的研究呢？』
「算是有鑑於以前見過的各式各樣旅行者的情報，所做出來的研究——」

「剽竊之國」
—I Have Ever Seen Before.—

「這樣。」「嗯嗯。」
「首先，妳騎乘V型雙引擎的摩托車旅行，跟三十二年前來這個國家，自稱是克拉克的旅行者一樣風格呢，因此很容易推測到妳是受到他的影響。」
「什麼？」「喔——真敏銳！」
「不！這沒什麼啦，其實只是雕蟲小技而已！」
「…………」「還有呢？」
「嗯，再來就是妳右腰那把左輪手槍。」
「啥？」「那怎麼了嗎？」

「那個跟三年前來這裡，自稱是『捷卡魯茲』的流浪傭兵集團一樣。他們討厭自動式的說服者，因此總是使用具有確實性的左輪手槍。想必妳是被他們的構思感動吧？」
「喔……」「嗯——大叔，你果然不簡單呢。」
「不不不，我不過是馬齒徒長而已——還有，妳那頂附有耳罩的帽子。」
「喔……」「嗯嗯？」

「那是二十一年前來這個國家，某個叫『北方候鳥』的團體之特徵。他們充滿野性的打扮，曾經在這個國家風靡一陣子。看樣子妳應該也是受到他們的感化吧？」

「啥……」「大叔你的觀察實在太敏銳了！」

「哈哈哈！沒有啦，其實我也曾經模仿過他們，冬天常戴那種帽子呢。」

「是喔……」「還有呢？」

「關於那件棕色大衣。」

「是的。」「喔！」

「那件棕色的長大衣……」

「是的。」「嗯嗯。」

「那其實充滿原創的味道呢！」

「什麼？」「咦？」

「截至目前為止，我不曾看過任何旅行者穿那麼長的棕色大衣。實在太新鮮了！」

「……」「……」

「我打算把那個創意現給大家看喲！真的太新奇了！以後我會對見過的人吹噓一下妳的機智。不介意的話，可以告訴我妳的名字嗎？」

「奇諾——我叫奇諾。」

「願望」

「奇諾。」

「什麼事，漢密斯？」

「妳不要死哦。」

「——你怎麼突然講這個？難不成前方有什麼可能致命的陷阱嗎？」

「沒有陷阱啦，我只是突然想到而已。因為奇諾妳活著的關係，我才能像這樣四處奔馳。當然別人駕駛也是ＯＫ啦，但我不確定他是不是能像奇諾這樣讓我到處跑。所以，我才希望妳不要死。我想說自己不曾對妳說過這種話，原則上還是講一下好了。」

「知道了，我確實聽到了——也鑒於漢密斯的要求，我會盡最大的努力不要死喲。」

「那就拜託妳了。」

「別這麼說——那麼，我也有一件事情想拜託漢密斯配合耶。」

「說來聽聽。」

「早上早點起床，早上早點起床，早上早點起床，早上早點起床，希望你早上能夠早一點起床。」

「…………」

「聽到了沒？」

「…………」

「漢密斯？」

「呼——」

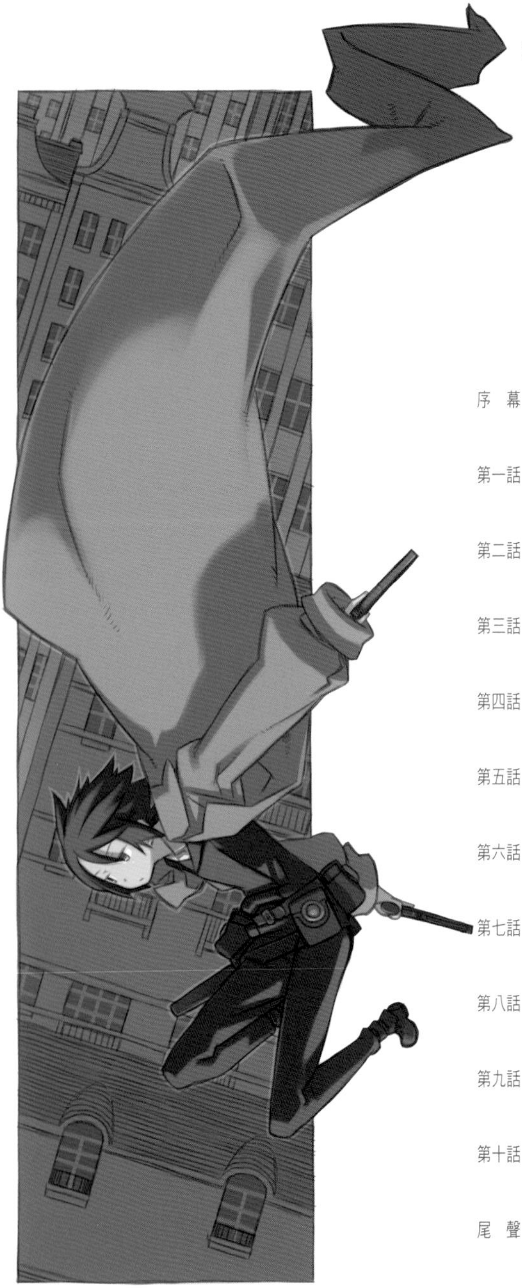

CONTENTS

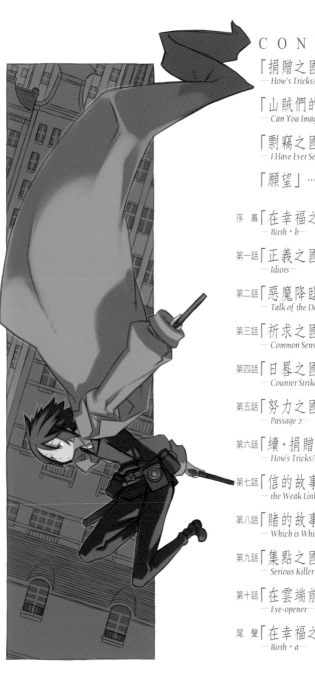

你哭泣，
你生氣，
你憤懣，
你憎恨，
你大叫，
你痛苦，
你悲傷，
你絕望，
你下定決心——
但是並不能證明你是正確的。

— *Everybody Has the Right to Make Mistakes.* —

序幕

「在幸福之中・b」

—Birth・b—

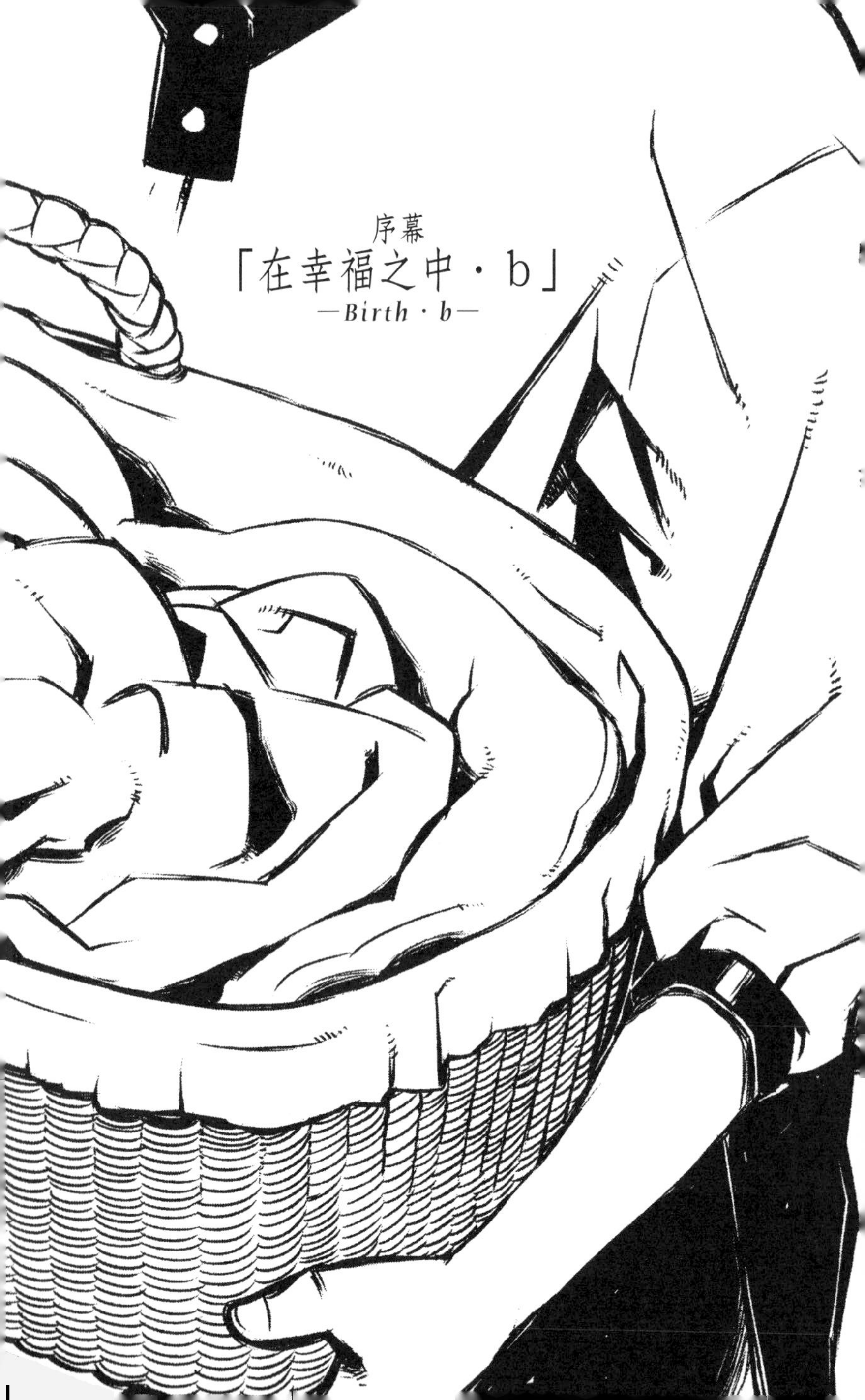

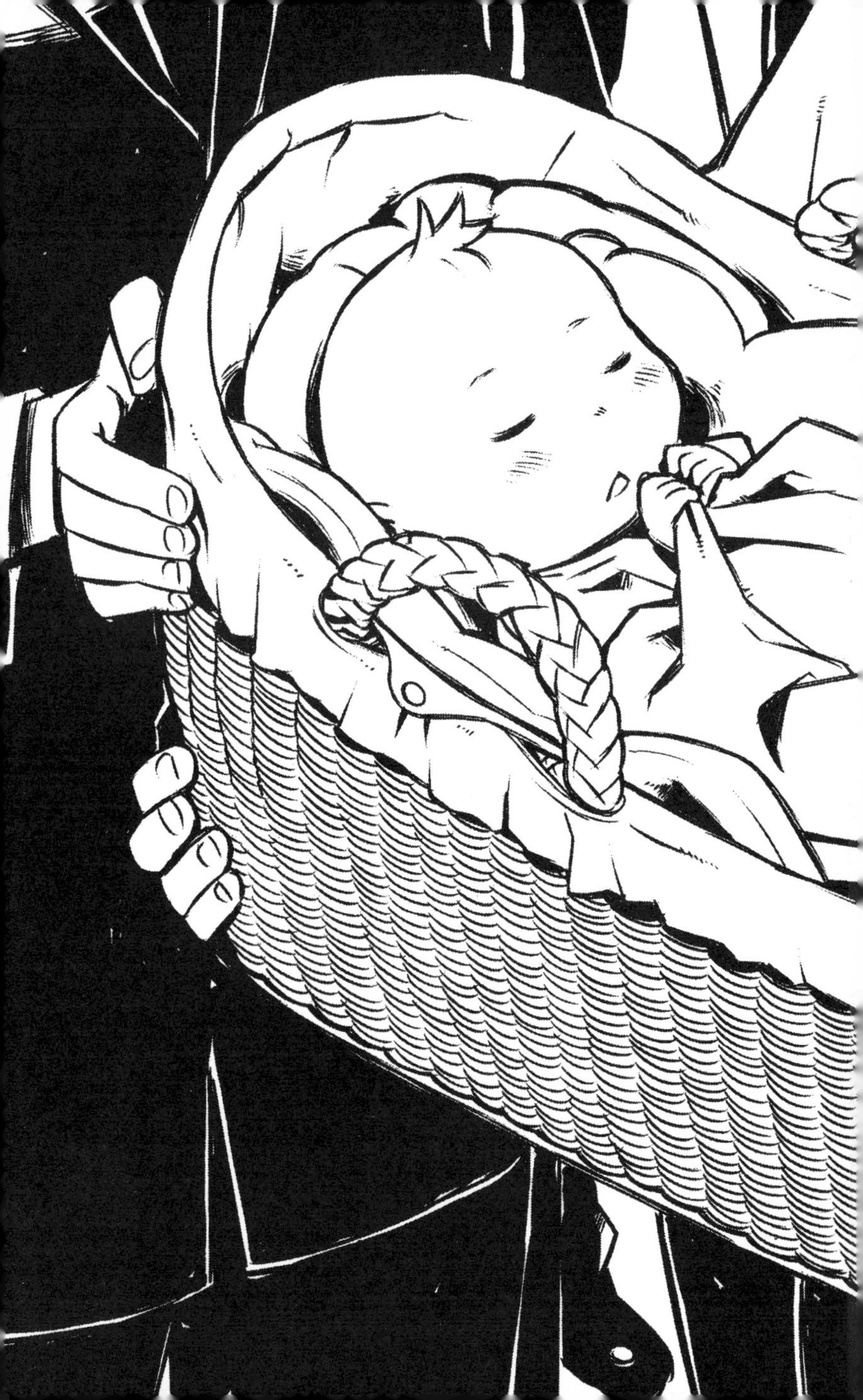

序幕「在幸福之中・b」

—Birth・b—

然後，不一會兒奇諾跟漢密斯來到一家大型醫院。

在玄關大門前面有幾名護士，彷彿要歡送什麼人似地排排站。而且，一輛黑色的車子就停在馬路上，駕駛正準備開車門。

奇諾把漢密斯停在車子後面，望著眼前的光景。

不久，在眾人的祝福聲之中，一對夫妻從醫院裡走了出來。

兩個年輕人臉上掛著笑容，丈夫提著大大的行李袋，妻子則捧著一只小籃子。

夫妻倆向照顧過自己的護士們連聲道謝，幾個人還笑咪咪地抱在一塊。

然後，當兩人走近車子的時候，察覺到在後面的奇諾跟漢密斯——

「哎呀，你們是旅行者對吧！請看！我們終於生下第三個孩子呢！」

妻子笑容滿面地看著籃子裡的嬰兒。

「這個……恭喜兩位。」

總之奇諾先向他們道賀。
「謝謝妳！」
那一對夫妻則回以無憂無慮的笑容，跟感謝的言語。
「那麼，你們接下來要去『中央』囉？」
漢密斯問道。
夫妻倆則搖著頭說：
「不，我們正趕著回家去。家裡有兩個孩子在等著呢！我們想先讓他們看看小嬰兒！」
妻子如此答道。
然後又說：
「之後才要去『中央』喲。」

「在幸福之中・b」
—Birth・b—

第一話
「正義之國」
—Idiots—

第一話「正義之國」

—Idiots—

一輛摩托車正在海洋與草原之間奔馳。

天空萬里無雲，從穹蒼燦爛灌注下來的強烈陽光下，一邊是藍得見底的大海延伸到水平面的盡頭，另一邊是一望無際的綠色大地延伸到地平線那端，中間則夾著狹長的白色沙灘。

沙灘這道白線像在測量距離似地縱貫南北，而摩托車也筆直地往南方前進。

摩托車的後輪旁邊有黑色的箱子，上面擺了包包。而且還有好幾罐的燃料跟飲用水，跟睡袋一起用繩索綑住。

摩托車繼續在沙灘與草原邊界的細長道路前進。

騎士是一個年輕人，穿著白色襯衫跟黑色夾克。戴著附有帽沿及耳罩的帽子，還有到處都斑駁的銀框防風眼鏡。

騎士的腰際繫了寬版腰帶，右腿上的槍套裡是左輪式掌中說服者（註：說服者是槍械。這裡是指手槍），腰際後面則佩帶了一挺橫擺著的自動式說服者。

騎士忽然揚起原本注視路面的視線。

「…………」

在前往的南方地平線與水平線的彼端，蔓延著一大片黑雲。

「啊，前方的天空陰沉沉的耶，真難得。」

摩托車如此說道，騎士回答：

「這樣應該會變得比較涼爽吧？」

隔天早上。

灰色的天空下有一輛摩托車正在奔馳。

截至昨天還是蔚藍一片的天空，竟變成灰濛濛的。掛在東方天空的太陽，只能夠勉強分辨它的位置。草原跟沙灘都昏昏暗暗的，海面忠實倒映出天空的顏色，彷彿融了薄墨似的。

騎士身上穿的，是把昨天穿的背心裝上袖子的黑色夾克。

「太好了，奇諾。變得好涼爽呢！」

摩托車對騎士說道。

「是啊——涼到有點冷喲。」

名喚奇諾的騎士小聲回答。然後——

「為什麼大白天的卻這麼暗呢？那些雲層也怪怪的……你明白我的意思嗎，漢密斯？」

她如此詢問摩托車。名喚漢密斯的摩托車則回答：

「雖然純屬我個人的猜想，但會不會是遠方某處有火山爆發了呢？」

「火山？照你這麼說，是指火山灰的關係？」

「有點不一樣，火山灰因為比較重會馬上降到地表並且累積。但是，現在卻看不到那種現象，應該是比火山灰還輕的物質化為浮游粉塵，停留在天空極高處，然後隨風覆蓋到相當遠的天空吧！」

「這樣啊……那麼，這會持續一段時間嗎？」

「或許吧，要看爆發程度，大概要一年或兩年，甚至是更久呢。」

聽到漢密斯的回答，奇諾微微皺著眉頭說：

「虧我還想說到溫暖的地方看看呢……」

「或許改變一下行程會比較好哦。」

灰色的天空下，有一輛摩托車正在奔馳。

又隔一天。

奇諾穿著大衣繼續往前奔馳。

她在黑色夾克外面穿上棕色大衣，多出來的長衣襬則捲在兩腿上。她臉上纏著領巾，帽子的耳罩不僅放下來，前端的繩子也緊緊綁在下巴的下方。

天空越來越暗，已經無法分辨出太陽的位置。雖然是正午時刻，但這片海洋跟草原的世界，已經昏暗到連字都無法閱讀的程度。白色的浪花在黑色的海裡變得格外顯眼。

奇諾打開漢密斯的大燈，照亮前方的路，而行駛的速度則是比昨天還要慢。

「奇諾，這樣子不行耶，越往前走越暗。」

聽到漢密斯這麼說，奇諾沮喪地覆誦他的話。

「不行啊……越往前走越暗啊……」

然後又說：

「而且氣溫也變冷了，這簡直是冬天呢。我要去的明明是四季如夏的南方國度……」

「怎麼辦？現在應該還來得及往回走吧？」

「是來得及——那麼，就決定放棄吧！回去之前的國家並往西走吧！」

那麼說的奇諾隨即放鬆油門，漢密斯靠慣性跑了一段路之後便慢慢停下來。

「順便喝杯茶吧，暖呼呼的東西看起來比較美味呢。」

奇諾關掉漢密斯的引擎，當聲音整個靜下來的同時，大燈也熄滅了，世界變得更加陰暗。就在

那一瞬間——

「咦？」「啊！」

在道路前方……在地平線稍上方，有道小小的光芒瞬間閃爍。

他們在原地等了一會兒，又看到那道微光。那道光每隔幾十秒便閃爍一次。

「妳要喝的茶呢？」

「到裡面再喝。」

奇諾再次發動漢密斯的引擎。

他們好不容易抵達那個國家，城牆上有座大型燈塔。

在圍繞國家的灰色大城牆……現在看起來幾乎是黑色的城牆上方，矗立著漆成白色的燈塔，它對著黑色海洋迴轉燈光。

那個國家面向海洋，城牆還綿延到海裡呢。

奇諾把漢密斯停在粗大原木組合而成的城門前面，然後往旁邊的木造崗哨走去。她拉下臉上的領巾，吐出來的氣息是白色的。

但是沒有人從崗哨出來，於是她敲了敲門，過了一會兒裡面有聲音傳出來。

不久，看似入境審查官的男子現身。

「…………」

隔著玻璃窗看著對方的奇諾，稍微皺了一下眉頭。

那個看起來約三十幾歲的男子，居然穿著短袖襯衫跟短褲，而且是衣襟開得大大的襯衫，跟質料很薄的短褲。腳上並沒有穿襪子，而是橡膠製的涼鞋。

他的皮膚被太陽曬得有點黑，不過那一身的服裝完全不符合現在的氣溫。

「嗨，妳好，妳是旅行者對吧……歡迎光臨我國……」

脫口說的話聽起來有些弱不禁風，很明顯是鼻音。

奇諾申請停留三天，倒是很輕鬆就得到許可。而且在填寫文件時，男性審查官明顯因為寒冷而發抖，中間還打了好幾次噴嚏。

當奇諾一回到漢密斯那兒，眼前的城門便慢慢打開。

奇諾跟漢密斯奔馳在這個國家的中心部。

在範圍不是很大的國家裡，一穿過城牆呈現在眼前的就是種植水果跟農作物的農田，接下來是長了許多在境外看不到的高聳樹木。

街道上看不見任何汽車，倒是放置了可能是馬車或牛車，但沒有繫上動物的空車體。

然後在中心部的居住區，建造了櫛比鱗次的木造房屋。每戶人家的窗子都沒有裝設玻璃，只有非常通風的陽台而已。

「奇諾，上一個國家的人是怎麼形容這個國家啊？」

「說是『散發著南國氣氛又開放的國家』。」

「這個嘛～如果有燦爛的陽光，想必真的是『南國』呢～」

漢密斯說道。然而現在的天空黑漆抹烏的，吹的風又十分冷冽。

街道上沒有半個行人，打從他們穿過城牆之後就沒有看到任何人。偶爾倒是有人聽到漢密斯的引擎聲，從窗戶露出半張臉窺看。

「不過天氣冷成這樣，也難怪沒有人願意外出呢。」

奇諾如此說道，然後讓漢密斯朝看得見海岸線的港口駛去。

這個大型港口建有石頭砌成的防波堤跟棧橋式碼頭，還繫了好幾艘聳立著桅桿的木船。

那兒有一群男人。

大約聚集了二十個體格壯碩得像漁夫的男人，他們全坐在防波堤旁邊，而且所有人都背對背地圍坐在一塊。

他們所有人都跟審查官一樣穿著短袖襯衫跟短褲，腳上踩著涼鞋，沒有一個例外。

「哇～看起來真冷呢！」

漢密斯說道。

「就一般常識來說，那不是符合現在這種氣溫的服裝呢。」

而且馬上補了這麼一句。

男人們眼神空虛看著走過來的奇諾，然後露出羨慕的眼光，凝視穿著大衣的奇諾好一陣子。

可是當奇諾一把漢密斯停下來，大家卻又一起把眼神別開，動作僵硬地逃離防波堤，就像逃走的魚群那樣。

「妳很惹人嫌哦，奇諾。」

「…………」

奇諾放棄跟那些人交談，再次騎著漢密斯前進。

奇諾找到這國家的中央部，然後騎著漢密斯前往那裡。

在水泥鋪設的大馬路兩旁，排列著白色石頭砌成的四角形平房。一樣也是沒有窗戶，只有陽台而已。

而其中一棟。

「是人耶！有人喲，奇諾！」

這國家的居民在某一棟房子前排著長長的隊伍。

因為沒有任何招牌，看不出來是什麼建築物。從正面入口滿溢出來的人潮，在泥土道路分成兩列排排坐，隊伍還綿延很長呢。那些人數不分男女老幼共超過百人，隊伍拐進建築物的轉角裡面就消失不見。

然後，隊伍所有人都是做短袖短褲的打扮，沒有一個例外。他們盡可能讓身體緊貼在一起，明顯因為寒冷而發抖個不停。

他們看到奇諾時訝異地抬起頭，隨即羨慕地凝視著奇諾的冬裝。

但是當奇諾看他們的時候，卻又逃也似地把視線別開——

「妳很惹人嫌哦，奇諾。」

正當漢密斯悄悄那麼說的時候，隊伍的人潮開始騷動起來。原本坐著的人們一起站起來，互相看著對方並小聲說些什麼。

奇諾往居民們看的方向，也就是自己的左邊看過去。

只見一輛牛車行駛在道路正中央。那是用四頭牛拖拉，有著格外龐大又豪華之車頂的牛車，正緩緩行駛在路上。

奇諾把漢密斯騎到路旁的建築物邊，居民們也看到距離他們相當近的奇諾他們，但他們現在對牛車比較感興趣。

突然間。

「喂，是首相！」「是總理大臣……」「是首相的牛車哦！」

奇諾他們聽到有人那麼喃喃說道。

「原來如此。」

「是這個國家的大人物呢。」

奇諾跟漢密斯也再次小聲說道。

不久，牛車就在穿著短袖服裝冷得發抖的居民們，與身穿大衣的奇諾，還有漢密斯的注視下，停在那棟建築物入口的正前方。

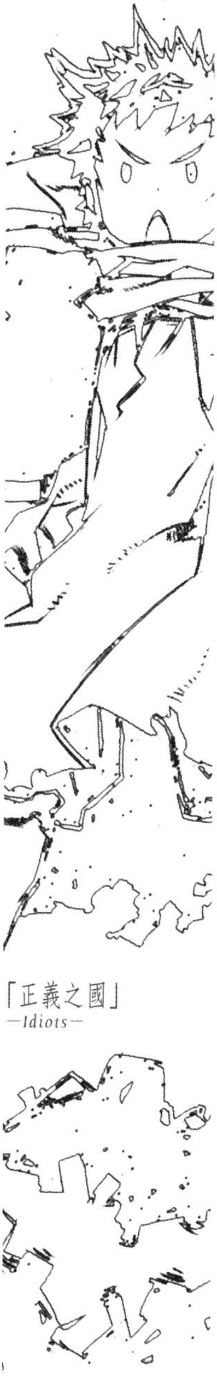

豪華的車門一打開，首先出來的是兩個看似隨扈的壯碩男子。他們也都穿著短袖服裝。

然後，一名臉型有些尖銳，年約四十五歲的女性，也理所當然地穿著短袖服裝從牛車走下來。

她在隨扈的保護下，一面接受多數居民默默無言的眼光，一面快速走進大排長龍的建築物。

大多數的居民一起嘆了口氣，然後又盡可能貼在一塊在那個地方靜坐。

奇諾用主腳架把漢密斯立起來，然後對附近的居民親切地打招呼並自我介紹。

「…………」

但是居民還是一樣對她置之不理地把眼神別開。

當奇諾主動對好幾個人打招呼，但是都遭到冷漠的對待之後，她又走回漢密斯那兒。正當她踢開主腳架時，有道聲音從背後傳來：

「妳可以去問首相。」

那是男性的聲音，但是當奇諾回頭尋找，對方就不再出聲講話了。看到每個人都把眼神別開的模樣——

「謝謝，我會那麼做的。」

奇諾不再刻意尋找聲音的主人，然後也沒有徵求漢密斯的意見。她向不知名的人士道完謝之後，就推著漢密斯到牛車前面，站在往他們看一眼的隨扈前面等待。

過沒多久，隨扈們與女首相從建築物走出來。

一路送他們到門口的，是幾個身穿白色短袖醫護裝與白色短褲，頭戴白色醫護帽與白色口罩的男性。

「啊，這裡是醫院對吧？」

漢密斯喃喃說道。

走出來的首相發現到奇諾他們，親切地說：

「哎呀，妳是旅行者對吧？」

在隨扈戒備的狀態下，首相走向奇諾。

「妳好，歡迎來到我國。我有接到睽違許久的旅行者造訪的報告喲，我是這個國家的首相。」

「妳好，我叫奇諾，這是我的伙伴漢密斯。」

「你好。」

然後——

「那我還有事要忙就先失陪了，兩位慢慢參觀哦。」

首相如此說道並準備結束雙方的對話，不過奇諾卻在她轉身以前立刻這麼說：

「我有一個問題想請教妳——」

然後等她做出「什麼？」的反應之後又說：

「這兒的天氣很不好，從我來這裡的途中就這個樣子，有很長一段時間了嗎？」

「這個嘛，沒錯，數十天以來都是這樣呢。」

「我覺得氣溫也降低了許多，可是我看大家的打扮，感覺好像很冷的樣子耶。」

聽到奇諾的話，表情宛如凶神惡煞的隨扈，眉毛突然抽動了一下。

首相雖然態度依舊平和，卻用比剛才還更毒舌的語氣說：

「是啊，在全身包得像粽子的旅行者眼裡看來的確是那樣呢。乍看之下可能很不人道又不禮貌，但那可是這個國家的正式禮服呢。」

「原來如此，是正式禮服啊？難怪大家都穿一樣的服裝。」

奇諾一副明瞭佩服的樣子說道，而首相露出自豪的表情並「呵」地微笑。

「沒錯，打從建國以來，這國家的國民都是穿短袖上衣與短褲哦。因為在這個悶熱的國家，那是最舒適的穿著呢。根據以前聽過的說法，某個國家的正式禮服是穿長袖襯衫打領帶，再穿上西裝外套。聽說就算是夏天，所有人都是那副打扮。我真的很慶幸，自己並不是出生在那麼不合邏輯又專做蠢事的國家呢。」

「我想再問妳最後一個問題。」

「什麼問題？」

「如果在這個國家做其他打扮會怎麼樣？」

「當然是觸犯憲法，那可是大罪呢。更何況這個國家並沒有其他服裝，就算想做其他打扮也沒辦法呢。」

牛車從列滿隊伍的醫院前面離去，之後摩托車也跟著往前進。

那輛摩托車筆直朝北側的城門奔馳。

「咦？還沒超過預定的停留天數耶……？」

充滿鼻音的審查官如此說道。

「因為××××是×××××。」

奇諾胡謅了一個理由之後，就離開這個國家。

她把領巾纏在臉上，把帽子壓得低低的，穿著大衣——

「好難得哦~奇諾半天就出境可是創新記錄喲！」

「我光看那些人的穿著都覺得冷。而且，這個國家——」

然後奔馳在昏暗的海洋與草原之間的道路。

這是經過大約二百多天後的事情。

一輛越野車往南行駛在奇諾與漢密斯曾經往北走的那條路。

在暗如夜晚的天空下，堆了許多旅行用品在後面車架的越野車，開著大燈小心翼翼地前進。

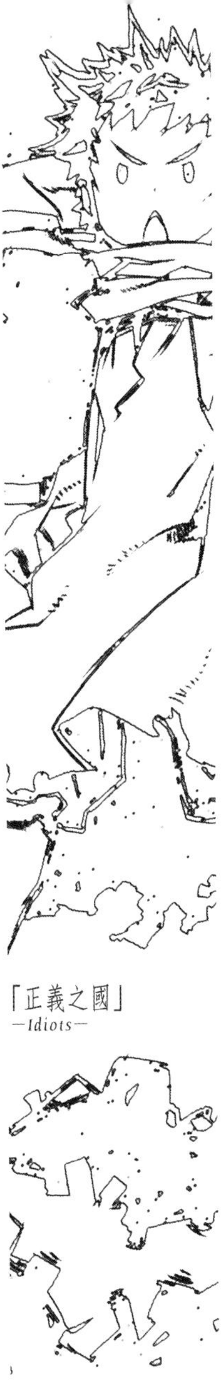

「正義之國」
—Idiots—

道路左側是黑色的海洋，然後右側在過去曾經是草原，現在變成枯草散布四處的大地。

「真是慘不忍睹……這一帶的植物全部枯死了。」

在左側駕駛座握著方向盤的男子那麼說道。

男子穿著運動外套並戴上外套的帽子，眼睛戴著防風眼鏡，臉上因為纏著圍巾，所以看不到他的表情。

副駕駛座那邊，坐著一個身穿兩件式厚防寒衣的嬌小女孩，而且還戴了毛線帽跟圍巾，由於她臉上沒有戴防風眼鏡的關係，所以看得見她翡翠綠的眼睛跟白色的頭髮。

然後坐在女孩前面的，是一隻長毛的大白狗，牠就坐在女孩的兩腿之間。

那隻狗回應開車男子說的話。

「只要火山持續爆發，這一帶會因為偏西風而一直陰沉沉的呢。就算停止爆發了——」

「也不會馬上回復原狀呢。」

男子接著狗的話說道，那一瞬間——

「…………」

女孩不發一語地抬頭。

她的視野前方有白色的小東西在飛舞。其飛過越野車的引擎蓋上面，碰到女孩的臉頰之後就融

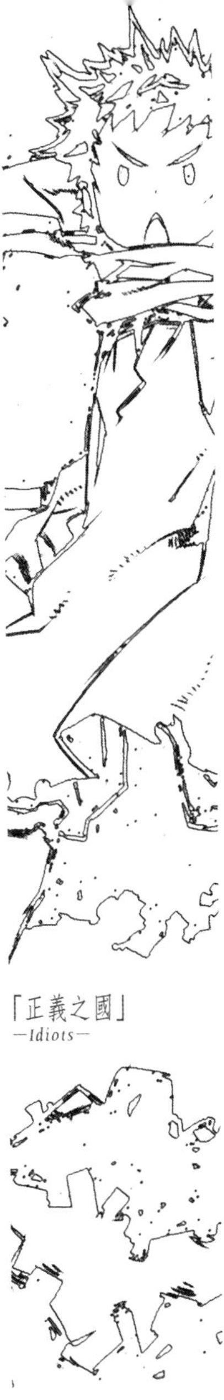

化消失。

「終於下雪了……」

男子不是很高興地喃喃說道。

從天而降的雪，數量慢慢增加，大燈照射之處開始發出白色的光芒。

男子稍微減緩越野車的速度，並轉頭看著副駕駛座的女孩。

「妳冷不冷，蒂？」

被他這麼問的女孩——

「…………」

依舊不發一語地抱住腳下的大狗，從牠毛絨絨的後腦緊緊抱住，並把臉頰緊緊貼著。

「噗。」

然後就發出這麼一個聲音。

男子瞇著防風眼鏡下的眼睛說：

「是嗎？冷的話記得跟我說喲！」

越野車奔馳在白雪靄靄的濃灰色大地。

加掛鐵鏈的後輪，不斷刨起道路堆積的白雪。

新雪不斷從黑色天空徐徐降下，速度雖然緩慢，但積雪量確實持續增加。

然後──

「…………」

在副駕駛座緊抱著狗的女孩，偶爾不發一語地指著左右兩旁的道路，或者是路面。

「…………」

男子也沉默不語，斜眼看著那些東西，如果是在路面的話，還得打越野車的方向盤閃避。

那些是被雪覆蓋的小隆起物，但是平坦的大地上卻有好幾個小型的隆起物。

那些隆起物裡，是過去曾經以「人類」的身分行動的生物，亦即抱著許多行李倒在路上的人們屍體。

「西茲少爺，我覺得希望很渺茫耶。」

被女孩緊抱住的狗說道。

「說的也對，但是不到那個國家看看怎麼知道呢？而且就在前面而已。要看仔細一點，那些都必須報告呢。」

當男子那麼說的時候，已經開始看得見在昏暗世界裡的黑色城牆。

城牆上矗立著燈塔，但是燈並沒有打開。

粗大原木組合而成的城門隨意敞開著。

越野車在沒有得到許可的情況下慢慢穿過城門。

當他們進入國內，呈現在眼前的情景跟外頭一樣，是整片灰色的世界。算得上是農作物的作物全都枯萎，許多樹木全被砍倒，只剩下砍掉後的餘根靜靜地排列在道路兩側。

「應該都拿去當柴火了吧……」

男子喃喃說道。

他們繞行整個國家一圈之後便轉向港口，那兒一艘船也沒有。隨處堆放的木材雖然不多，但非

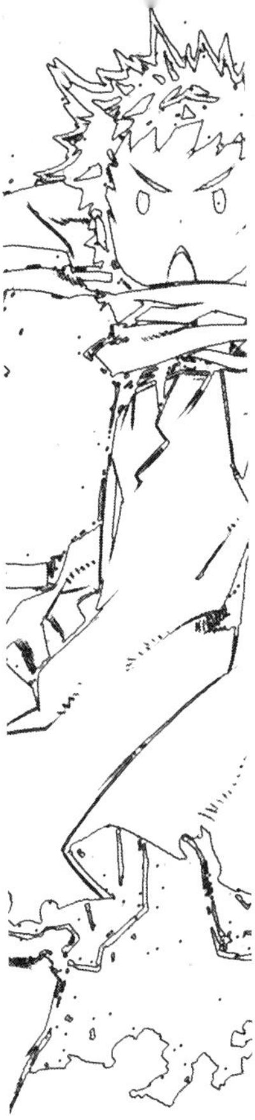

常散亂。

直到行駛在中心部的街道，才開始在道路的左右兩側看到屍體。

那些已經沒有人形，只剩頭顱或手臂，化成白骨躺在白雪中。

男子慢慢開著越野車，然後在市中心停下來，大聲鳴放喇叭。他把引擎熄火並豎耳聆聽，但是沒有任何反應。

「又一個國家消失了呢。」

男子在白雪靜靜飄下的地方，悲傷地喃喃說道。

緊抱著狗的女孩，跟狗一起把頭轉向左邊看著男子的臉。

男子摘下防風眼鏡並拉下臉上的圍巾，直盯著女孩說：

「蒂，這個國家啊……這個國家的人們，就是不肯改變既有的想法。」

「…………」

女孩什麼話也沒說，只是注視著男子，等他說下一句話。

「基於『過去一直是那個樣子，現在繼續保持就好』的理由，讓他們覺得穿非短袖的服裝是錯誤的。縱使自己置身的世界，狀況已經整個改變了，但他們還是無法變通應對……雖然不容易用一句話來形容，但他們啊——」

「他們有貫徹自己的正義嗎？」

女孩突然講出一大串的話。

「…………」「…………」

這時候男子與狗反而無言以對。

經過幾秒後，男子在下雪的昏暗街道望著女孩綠色的眼睛說：

「對……妳說得一點也沒錯。他們貫徹了自己的正義呢。」

男子發動越野車的引擎，再次開始往前行駛。

他們行遍空無一人的國家，穿過剛剛走進來的城門。

那兒，出現了生物的形體。

「…………」

男子把越野車停在生物的眼前。

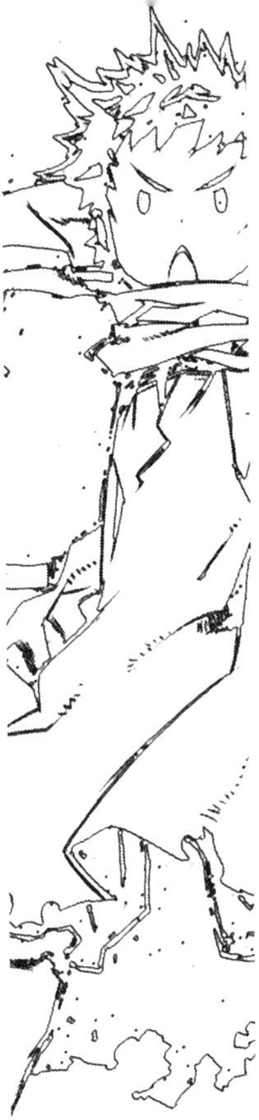

出現在灰色空間裡的是灰色野獸，大約二十頭左右的狼群，正貪婪地啃食那些在雪地下的居民遺體。

狼群一發現越野車，便一起抬起頭來。

牠們盯著那個放出光芒的奇怪鐵塊，以及坐在上面的兩個人跟一隻狗。

「原來如此……國內的屍體全被牠們吃掉了啊？」

男子說道。

「通常的話，是不會有狼棲居在這麼炎熱的區域呢。」

然後狗如此說道，男子輕輕點頭表示贊同。

「因為氣候變寒冷的關係，所以為了尋找食物的牠們只得移動呢——真勇敢。牠們，一直一直都這麼勇敢。」

瞪著他們的狼群開始低吼。

而且停止進食，企圖包圍越野車而慢慢逼近。

「都已經說過了，我們可沒打算要當你們的盤中飧呢。」

男子語帶戲謔地說道，而抱著狗的女孩則轉身把手伸到座位後面。等到她的手舉到前面的時候，已經握著纏了防爆膠帶的手榴彈。

「…………」

女孩不發一語地抬頭看男子。

「放心，沒必要用那個喲。」

男子滿臉笑容地說道。

然後打了排檔讓越野車往前走。

車子從嚇得四處逃竄的狼群中間穿過，不一會兒他們就駛離那裡，衝進昏暗的空間裡直到再也看不見。

第二話
「惡魔降臨之國」
—Talk of the Devil.—

第二話「惡魔降臨之國」
—Talk of the Devil.—

在「睡覺覺」以前還想再聽故事是嗎？

可以啊。那不然，我來說一個過去不曾說過的故事吧。

說一個有一點奇怪，又有一點可怕的故事吧。

故事雖然可怕，但不會有人因此蒙主寵召，或者讓某人感到痛苦，所以儘管放一百二十個心慢慢聽我說吧。

其實我啊——

在很年輕的時候，曾經看過惡魔，一次而已。

你應該很了解這個世界吧？

沒錯——

除了這個國家，全世界並沒有其他人類存在。

只有這個國家，是全世界唯一有人類居住喲。

所以我們不能離開這裡。

因為不管走到哪裡，都不會有人類能夠居住的場所。

這是個除了四周綠意盎然的這片森林，人類無法在以外的地方生存的世界。

對於人類來說，唯一的生存方法就是生在這裡死在這裡。

而惡魔是在我十二歲的時候降臨的喲。

當時獵人報告說，有個年輕人跨著奇怪生物從森林另一頭過來，在國內引起一陣大騷動呢。

因為那是不可能的事，不可能有人類從外面來的。

所以，國內引起好大的騷動。

大家還覺得獵人是不是把動物錯看成人類。

可是，那個「人類」的確發出「咚喀咚喀」的聲音，跨在身體到處都亮晶晶的生物來到國內的廣場。

那個「人類」彬彬有禮地說：

「大家好。」

然後介紹自己叫做「奇諾」，那個生物的名字叫做「漢密斯」，而且那個生物還會像鸚鵡那樣說人話。

我們所有人都懷疑自己是不是在作夢。

大家不僅大吃一驚，腦筋也一團混亂，不知道該如何是好。

她的外表雖然是「人類」，但照理說除了這個國家以外應該沒有人類才對。

而且，還有個會說人話的發亮生物。

就在那個時候——

「讓我來跟她談吧。」

當時的南區首長那麼說並走上前，準備跟對方交談。

這是多麼有勇氣的行動啊。

首長先生他非常了不起喲！

因為他正式跟對方打招呼的時候，正好是中午的時間。

「要不要先吃個飯呢？」

於是開口如此邀請。

結果那個「人類」很開心地這麼說：

「謝謝，我肚子正好也餓了，很高興你這麼親切邀請我。」

然後跟首長先生一起坐在廣場上。

雖然大家都站得遠遠的，但是也不能丟下首長先生不管，所以就站在勉勉強強聽得見聲音的距離觀察。

首長先生的太太也鼓起勇氣送吃的過去，像是烤麵包啦，蔬菜水果等等。

而那個「人類」也跟首長先生排排坐用餐。首長先生打算一面跟他們聊關於天氣的無聊話題，一面找機會打聽。

打聽什麼？當然是這個「人類」到底是何方神聖，是怎麼從不可能有人類存在的地方來的。

不過呢，首長先生問那些事情以前，卻發生了非常不得了的事情。

過來泡茶的首長太太腰際配帶著裝有奶油的袋子。就是大家至今還在使用的那種裝奶油的袋子，從古至今都會發出濃郁香味的那種袋子喲。

而那個「人類」應該是在首長太太經過的時候發現到的吧。

「那是奶油吧？味道好香哦。」

首長太太回答說「是的」。雖然她心裡很害怕，也很想逃離現場，但還是堅定地回答：

「沒錯，是我特製的奶油。」

那個「人類」又問：

「我可以用嗎？」

那個「人類」如此說道：

「要是妳願意給我一點點，我會很開心的。」

結果首長先生就對太太說「既然這樣，就裝少許奶油在器皿上吧」。

於是首長太太照先生的吩咐去做，然後把奶油端到那個「人類」面前——

就在下一瞬間，令人無法置信的事情發生了！

而且就當著首長先生、他太太，以及連同我在內的所有人面前發生——

那個「人類」，竟然拿吃蔬菜用的叉子把奶油塗在麵包上！

很難想像吧？

她把奶油塗在麵包上喲！

大家真的嚇得目瞪口呆，一句話也說不出來。

而近距離看到她這個舉動的首長先生，眼睛則瞪得好大，讓人不禁擔心他是否就這樣嚇死呢。

至於首長太太，我看她已經快昏倒了。

然後那個「人類」——

則是往麵包大口地咬下去！

她竟然把塗滿奶油的麵包，當成可口的食物吃！

就在那個時候，首長先生跟他太太，還有我跟大家都察覺到一件事。

這個人是惡魔！

她根本就不是人喲！

是惡魔！

如果是人類，怎麼可能把當做化妝品的奶油塗在麵包上吃掉，正常人是不可能那麼做的！

古人有云，「縱使有著人類的模樣，但是行動與一般人完全不同的生物，就稱之為惡魔」。

沒錯，想不到我們遇見惡魔了。

看出這件事之後，大家反而鬆了一口氣。

既然是惡魔，那她從外面來也就不足為奇，反而是很天經地義的事。

既然是大白天的，那惡魔變成人類的模樣也沒什麼好不可思議的。

知道真相的首長先生也鬆了一口氣地說：

「哎呀～妳的食量好大哦。要不要再多吃一點？還有很多麵包跟奶油喲！」

自稱奇諾的惡魔回答：

「真的非常好吃，那我就不客氣了。」

接著惡魔又在麵包上面塗滿奶油，把首長太太裝奶油的袋子都挖光了！

大家覺得看惡魔吃東西有趣得不得了，於是便走近首長跟惡魔。

「妳是從什麼地方來的？」

或是——

「那個發亮又很吵雜的大型物體是什麼？」

或是——

「那個為什麼而且怎麼那麼會說話啊？」

大家不斷地問問題。

而惡魔也很彬彬有禮地一一回答：

「我們是從很遙遠的東方來的，我們正在旅行。」

「漢密斯他——就是我的伙伴。我們一起四處旅行哦。」

「這傢伙天生就愛說話。」

我們跟惡魔相處得很融洽。

「對了，我想在這裡停留三天，不曉得可不可以呢？」
但是對於那個提議我們只能夠拒絕。
因為惡魔到了晚上會變身成蝙蝠或土撥鼠，一旦襲擊人類會變成樹木呢。
因此首長先生堅定地說：「我們無法讓你們在此停留。」
「是嗎？那就沒辦法了。」
那個惡魔可能是吃了很多奶油覺得很滿足吧，也很乾脆地打消念頭。
然後就騎著那個奇怪的東西往國家外面，往森林的方向離去。

不覺得很難以置信嗎？
不過也難怪啦，可是我們的確看到了，也聽到惡魔的聲音喲。
後來南區的首長先生說：「這件事情還是不要告訴其他人比較好。」
因為要是讓其他人知道我們曾經跟惡魔交談過，實在是很不妥。因此連首長、國家的大老，至始至終都不知情喲。
知道這件事的人已經很少。
而我年紀也大了。

所以覺得還是講給你聽聽看。

你不相信也沒關係。

不過，我啊——

遇見過惡魔哦。

「天哪～隔壁的歐吉桑又獨自對著木雕人偶說話了，他到底是在講什麼啊？」

「我哪知，不過啊～他自己高興就好，隨他去吧！」

第三話
「祈求之國」
—Common Sense—

第三話「祈求之國」
—Common Sense—

這是發生在某日某時的事情。

一輛破破爛爛的黃色車子駛進某個國家。

上面坐著兩個人，一個是有著烏溜溜長髮的妙齡女子，右腿還懸掛著大口徑的左輪手槍。另一個是個子矮小但長相俊俏的年輕男子，腰際佩帶著二二口徑的自動式說服者。

他們入境之後，來到這國家中央的某處廣場——

那兒正在進行公開處刑。

廣場聚集了許多人，而眾人圍起來的圈圈中心裡，有幾十個木製絞刑台橫擺成一列。

絞刑台上懸掛著堅固的繩索，前端的繩圈則是繫在呈坐姿且雙手綁在身後的人的脖子上。

共計幾十個人——從年輕女性到年長的男性，年齡跟性別也不等，排排坐成一橫列。

絞刑台旁邊分別設置了大型操縱桿，在操作下會咕嚕咕嚕的轉動。只要轉動操縱桿一圈，絞刑台的繩索就會往上拉幾公分。

腦袋掛在繩圈上的人們紛紛微弱地發出「救命哪！」或「我錯了！」或「饒了我吧！」等等祈求的聲音。

不過都被圍觀群眾怒罵的「吵死了！」或「去死吧！」或「我絕不會原諒你！」等等聲音給蓋住了。

操縱桿前面聚集了許多排隊的人潮。

「哎呀，旅行者！歡迎光臨我國！」

這國家的某人發現到那兩個人並主動跟他們說話。

「你好。對了，這裡怎麼鬧哄哄的？」

男子開口問道。

「正如你們所看到的，正在進行公開處刑。在那裡排排坐且即將處死的人們，在不久前是這國家的政治家、名嘴跟街頭運動者。」

「然後呢？」

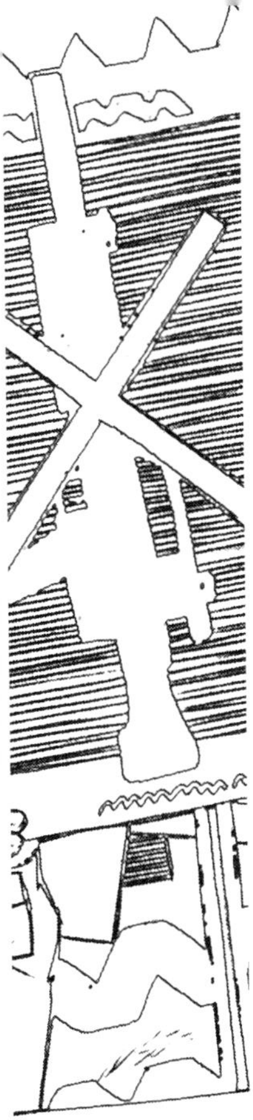

「那些傢伙自稱是『和平主義者』，為了達到『戰爭是邪惡的，要讓軍隊從這個國家消失』的目的，長年以來不斷進行相關的運動及活動。」

「啊，原來如此。」

男子立刻這麼說。

「原來是這麼一回事啊。」

女子也頗能理解地說道。

「那個……我話還沒說完耶……」

這國家的人顯得有些困惑。結果女子說：

「那些人應該是受到鄰近國家的影響吧。那個國家想佔領這個國家，因此想削減這個國家的軍事力量。所以利用『和平主義』這個保護傘進行消滅軍隊的活動。」

男旅行者接著她的話說：

「他們列舉一些『和平比任何事物都崇高』或『戰爭是絕對惡』或『軍隊是殺人集團』或『用在軍備的錢就能幫助許多貧困的人』或『讓我們不用武器，用坐下來談的方式解決問題吧』等等刺耳的言詞——而純樸的人們就會被說服，說出『戰爭果然不好，讓軍隊消失吧』這種話對不對？所以我們很能理解的。」

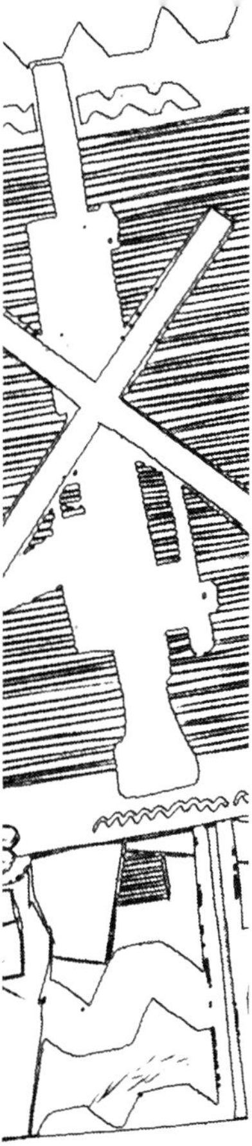

「你們的理論一點也沒錯……你們怎麼會知道呢？」

這國家的人十分詫異，男子毫不猶豫地回答：

「你問我們『怎麼會知道』……那是欺騙敵國的基礎做法中的基礎喲。每個國家都是這麼做的。雖然很常見，不過是非常不錯的方法呢。像現在也有因為這種手法，就在解除武裝那一瞬間被佔領的國家——所以，你的國家很危險呢。」

「一點也沒錯……當局掌握到證據之後就把他們逮捕起來，經過審判確定要把他們處以死刑。等一下就要執行了。為了給全體國民有機會處死他們，還臨時重做古代的刑具呢。雖然要不斷轉動操縱桿，但是在一半的狀態是最痛苦的了，我們應該會把繩索停在那個位置。加上天氣這麼炎熱，大概三天他們就會全部死掉吧。」

「不過，那要花相當久的時間呢。」

「一定要讓他們慢慢痛苦至死，他們可是企圖賣國，把國民當奴隸看待呢。可以的話真巴不得多殺他們幾次喲！」

就這樣，在兩名旅行者買賣物品的期間。

「殺了我吧！快殺了我！」

「吵死了，給我閉嘴！」

「拜託……饒我一命吧……」

「不行——喂，那傢伙的繩索不要拉太緊！要讓他痛苦到生不如死哦！」

廣場不時傳來慘叫聲跟怒罵聲。

「這個鍋子怎麼樣，師父？買個新鍋子吧。」

「如果你願意做菜的話就買啊。」

「…………這個嘛，我是無所謂啦。」

不過兩個人在若無其事的情況下，在附近的店家辦完該辦的事情。

「那麼旅行者，有空請再度光臨我國哦。」

接著兩人在滿臉笑容的衛兵目送下出境離開。

這是發生在某日某時的事情。

一輛越野車駛進某個國家。

上面坐著兩個人跟一隻狗，一個是身穿綠色毛衣的黑髮青年，左邊腰際佩帶了一把刀。另一個是嬌小的女孩子，身邊掛著榴彈發射器。接著是有著毛絨絨的白毛，看起來總像是在笑的大狗。

他們入境之後，來到這國家中央的某處廣場——

那兒正在進行公開處刑。

廣場上聚集了許多士兵，而最前面一排是幾十個人排起來的行列。

士兵們的手上都拿著軍用說服者，槍管前端正對準一群雙手綁在身後且排排坐的人們心臟。

共計幾十個人——從年輕女性到年長的男性，年齡跟性別也不等，排排坐成一橫列。

軍用說服者分別裝置了小型扳機，是鏗鏘一聲就能下壓的設計。只要扣一次扳機，子彈就會以三倍的音速飛出去。

被槍管指著的人們紛紛微弱地發出「怎麼會這樣！」或「你這個叛徒！」或「救命哪！」等等

祈求的聲音。

不過都被士兵冷靜沉著地說「先問問自己的良心吧！」或「去死吧！」或「不可能的。」等等聲音給蓋住了。

「哎呀，旅行者！歡迎光臨我國！」

士兵發現到那兩個人跟一隻狗，並主動跟他們說話。

「你好。對了，這裡怎麼鬧哄哄的？」

青年開口問道。

「正如你們所看到的，正在進行公開處刑。在那裡排成一列即將處死的人們，在不久前是這國家的政治家、名嘴跟街頭運動者。」

「然後呢？」

「那些傢伙自稱是『和平主義者』，為了達到『戰爭是邪惡的，要讓軍隊從這個國家消失』的目的，長年以來不斷進行相關的運動及活動。」

「啊……原來如此。」

青年立刻這麼說。

「原來是這麼一回事啊。」

狗也頗能理解地說道。

「那個……我話還沒說完耶……」

士兵顯得有些困惑。結果青年說：

「那些人應該是受到你們這個佔領國的影響吧。你們的國家想佔領這個國家，因此想削減這個國家的軍事力量。所以利用『和平主義』這個保護傘進行消滅軍隊的活動。」

然後旅行的狗接著他的話說：

「他們列舉一些『和平比任何事物都崇高』或『戰爭是絕對惡』或『軍隊是殺人集團』或『用在軍備的錢就能幫助許多貧困的人』或『讓我們不用武器，用坐下來談的方式解決問題吧』等等刺耳的言詞——而純樸的人們就會被說服，說出『戰爭果然不好，讓軍隊消失吧』這種話，然後就開始行動了對不對？」

「你們的理論一點也沒錯……你們怎麼會知道呢？」

士兵十分詫異，青年毫不猶豫地回答：

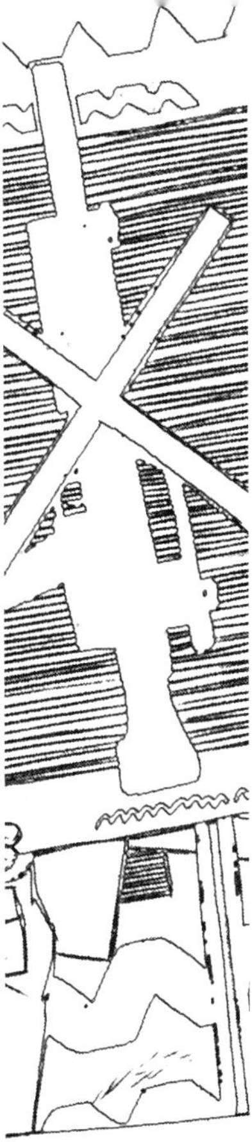

「你問我們『怎麼會知道』……那是欺騙敵國的基礎做法中的基礎喲。每個國家都是這麼做的。雖然很常見，不過是非常不錯的方法呢。像現在也有因為這種手法，就在解除武裝那一瞬間被佔領的國家呢。」

「一點也沒錯……我國在上星期把這個國家收為附屬國。因為地下工作人員活動成功，當這國家解除軍備沒多久，我們就輕而易舉地佔領這國家。雙方都沒有人為損害，可真是讓人鬆了一口氣呢。接下來這國家將獻出他們的財富與糧食，我們也打算把這兒的國民當奴隸使喚。至於在那兒的那些傢伙——他們是被花言巧語所矇騙而出賣祖國的齷齪賣國賊。我們不能讓那種令人無法信賴的叛徒，在我們統治的國家裡生存。我們已經把他們利用完了，因此正準備馬上把他們全殺了。」

「原來如此。」

「我們到下一個國家吧！」

青年如此說道，就在兩名旅行者跟一隻狗為了買賣物品而轉身的時候。

「為什麼？我們這麼盡心盡力地幫你們——」

「子彈上膛——！」

「拜託……饒了我一命吧……」

「舉槍——！」

「你這個叛徒！」

廣場交互傳來慘叫聲跟命令聲。

「『叛徒』？那是他們吧？開槍——！」

尖銳的槍聲一起發出之後，四周變得非常寂靜。

那兩個人跟一隻狗辦完事情之後——

「那麼旅行者，有空請再度光臨我國哦。」

接著他們在滿臉笑容的新駐衛兵目送下出境離開。

這是發生在某日某時的事情。

一輛堆滿旅行用品的摩托車駛進某個國家。

「祈求之國」

—Common Sense—

騎乘在上面的是一個人類，那是留了一頭黑色短髮的年輕人，右腿還懸掛一挺大口徑的左輪手槍。腰際後面則佩帶了一挺橫擺著的二二口徑自動式說服者。

摩托車跟旅行者入境之後，來到這國家中央的某處廣場——

那兒正在進行公開演說。

廣場聚集了許多人，而眾人圍起來的圈圈中心裡有幾名演講者。

講台上拉起了布條，上面寫著「戰爭是邪惡的！不對的行為就是不對！」的標語。

從年輕女性到年長的男性，年齡跟性別也不等，共計幾十個人排排坐成一列。

「哎呀，旅行者！歡迎光臨我國！」

這國家的某人發現他們兩個並主動說話。

「你好。對了，這裡怎麼鬧哄哄的？」

年輕的旅行者問道。

「正如你們所看到的，這裡正在進行公開演說。在那裡排排坐的人們，是這國家的政治家、名嘴跟街頭運動者。」

「然後呢？」

「他們自稱是『和平主義者』，為了達到『戰爭是邪惡的，要讓軍隊從這個國家消失』的目的，長年以來不斷進行相關的運動及活動。」

「啊，原來如此。」

摩托車立刻這麼說。

「原來是這麼一回事啊。」

旅行者也頗能理解地說道。

「那個……我話還沒說完耶……」

這國家的人顯得有些困惑。結果旅行者說：

「不，那只是我個人的想法啦。不好意思，也謝謝你告訴我這些事情。」

然後旅行者向這國家的人道謝，而這國家的人則一面感到不解一面離去。

摩托車對旅行者說：

「那些人應該是受到鄰近國家的影響吧。那個國家想佔領這個國家，因此想削減這個國家的軍事力量。所以利用『和平主義』這個保護傘進行消滅軍隊的活動。」

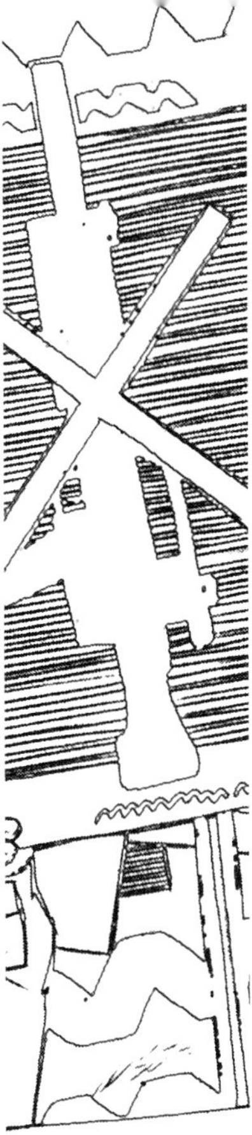

旅行者接著說：

「他們列舉一些『和平比任何事物都崇高』或『戰爭是絕對惡』或『軍隊是殺人集團』或『用在軍備的錢就能幫助許多貧困的人』或『讓我們不用武器，用坐下來談的方式解決問題吧』等等刺耳的言詞——而純樸的人們就會被說服，搞不好就說出『戰爭果然不好，讓軍隊消失吧』這種話吧？果然跟師父之前對我們說的一樣呢。」

「那是欺騙敵國的基礎做法中的基礎對吧，奇諾。每個國家都是這麼做的。雖然很插劍——」

「那個……你的意思是『很常見』嗎？」

「對，就是那個！雖然很常見，不過是非常不錯的方法呢——像現在也有因為這種手法，就在解除武裝那一瞬間被佔領的國家呢——這個國家，到底會變成什麼樣呢？」

摩托車問道。

「不曉得，反正都不關我的事。倒是這國家最好吃的『酥炸河蝦』這道菜，要到哪裡吃啊？我說什麼都要吃過這道菜以後才出境……」

第四話
「日晷之國」
—Counter Strike—

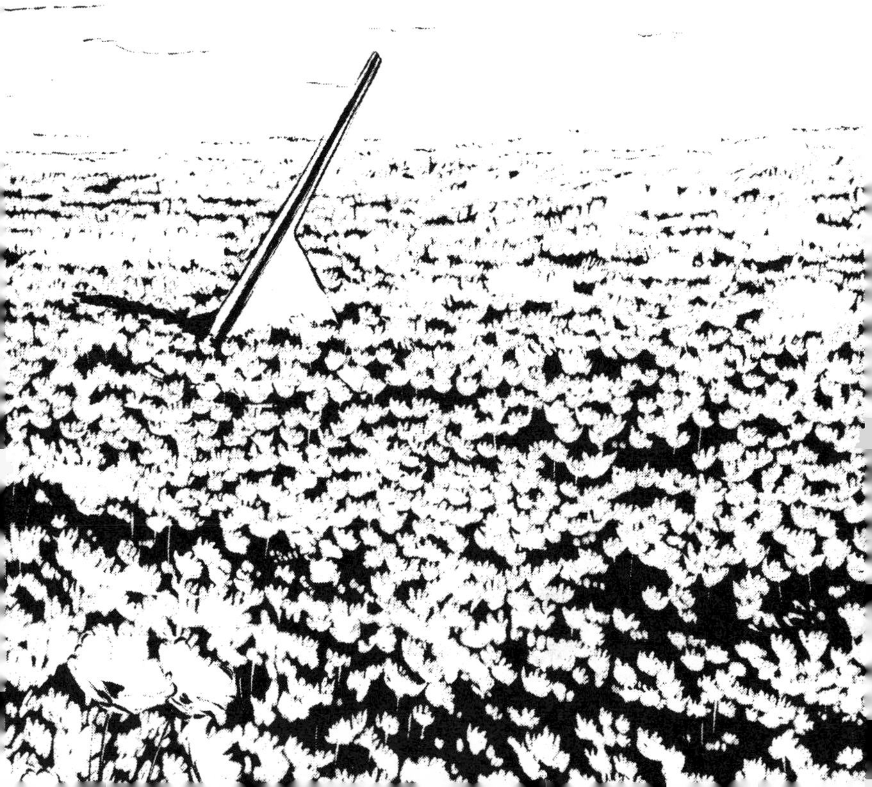

第四話「日晷之國」

—Counter Strike—

一輛摩托車奔馳在春天的山區裡。

道路四周是被森林圍繞且峰峰相連的山頭，在日正當中的晴空下，放眼望去淨是綿延起伏的綠色大地。

隨著氣候變暖，綠意日益盎然的樹枝覆蓋在細長山路的上頭，纖細的影子落在地上。後輪兩側及上面載滿旅行用品的摩托車，在光與影的交錯下慢慢往前奔馳。

摩托車騎士是個年輕人，大概是十五歲以上的青少年。

那人穿著黑色夾克，然後戴了附有帽沿跟耳罩的帽子，以及四處都已經斑駁的銀框防風眼鏡。

那人腰部束著寬版皮帶，右腿吊著掌中說服者，收在皮製槍套裡的是一挺大口徑的左輪手槍。

摩托車一面攀登在泥土堅硬的坡道上，一面對騎士說：

「很好很好，走山路最重要的就是不要騎太快。萬一過不了彎的話，就會飛出去呢，像剛剛那樣就好危險。」

「對不起。」

騎士語氣尷尬地回答。

「話說回來奇諾，我們要去的那個國家，真的存在嗎？」

摩托車口中那位名喚「奇諾」的騎士繼續騎著摩托車，略為訝異地回答：

「這話是什麼意思，漢密斯？就是因為存在，我們才像這樣前往那裡啊！」

名喚漢密斯的摩托車說：

「我不是那個意思，我指的是真的會有這麼一個，如同上一個國家所形容的那種國家存在嗎？」

「啊啊，原來如此。」

奇諾輕輕點頭並且將漢密斯減速。她慢慢行經右側是陡坡的左彎，然後再慢慢加速，上坡路段沿著山區地表蜿蜒彎曲好一陣子。

奇諾念念有詞地說：

「『日晷之國』啊……的確叫人有些難以置信呢。國家竟然長成日晷的樣子？」

「我們會不會被騙啦？」
漢密斯說道。奇諾一副滿不在乎地說：
「這個嘛，那倒還好啦。總之先去看看，被騙的話到時候——」
「到時候怎樣？」
「就吃些什麼美食囉！」
奇諾立刻回答，漢密斯念念有詞地說：
「我就知道。」

他們越過好幾座山頭，當西下的太陽比奇諾的帽沿還低的時候——
奇諾與漢密斯走完漫長的坡道，站在山頂……也是高聳山脊的頂端。然後——
「哇！」「哇！」
他們同時看著那個國家並發出驚叫。
奇諾把漢密斯停下來並立刻關掉引擎，為了仔細欣賞那個景象，她把防風眼鏡拉到脖子上。
在山脊的前方，是一片鋪滿綠色森林又非常遼闊的盆地。而他們準備前往的國家，就位於那兒的中央。

跟其他國家一樣，圓形城牆環繞著該國國土。因為盆地遼闊的關係讓城牆看起來很小，但實際上直徑卻大得驚人。一般人無法輕易攀爬的城牆高度，看起來就像花圃的磚牆那麼低。

而中央有個相當龐大的半球狀巨蛋建築，彷彿是把國家的中樞機構設置在那兒的開關。

然後，從那兒衍生的細長三角形構造物則是朝著北方聳立。

那看起來就像是四十度左右的細長形三角板，顏色是白的，表面沒有任何凹凸不平或圖樣，尖銳的前端剛好在城牆稍微突出去的位置。

從整個國家的大小來看，那個三角板超過建築物的規模，大概有一座小山那麼大。

圓形城牆加上三角板的組合，簡直就像是擺在公園裡，由圓形底座與金屬製三角片組合而成的日晷。夕陽的影子就落在城牆內側。

「想不到真的存在耶，奇諾。」

「是啊……真的呢。」

「那是相當大的建築物喲。那個三角形裡面也能居住好幾千人，只不過它沒有窗戶呢。」

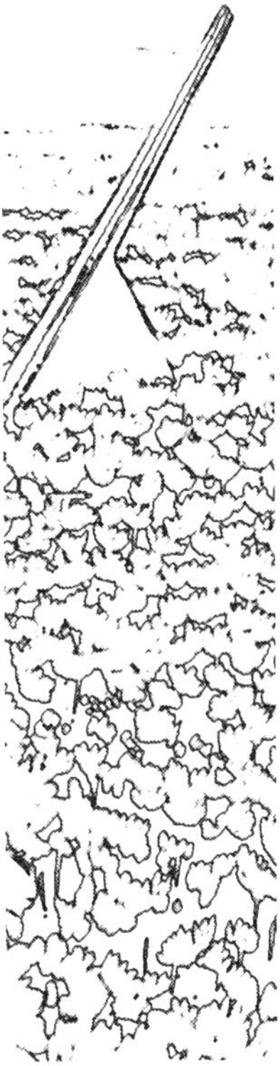

「那是做什麼用的呢？真的是……日晷嗎？」
「難道不是嗎？那個角度剛好跟這一帶的緯度一樣喲。」
「說什麼都要近距離看個仔細呢，如果有人願意說明就更好了。」
奇諾話一說完便把防風眼鏡再次戴上，然後發動漢密斯的引擎。

從山頂到那個國家還有一大段距離。
奇諾與漢密斯下山到了盆地之後，便行駛於平坦的森林裡。而白色三角形在布滿樹梢的道路前方，也變得越來越大。
當夕陽把天空染成紅色的時候，奇諾跟漢密斯好不容易抵達城牆前面，他們終於來到東側城門前方。巨大的三角板就藏在高大的城牆後面。
奇諾一把漢密斯停下來，便跟從城牆旁邊崗哨走出來的衛兵打招呼。
手持步槍的衛兵們，剛開始提高警覺地觀察奇諾他們，接著又檢查他們的行李。
等確定沒有攜帶任何破壞建築物的大量爆裂物，或能夠跟遠方聯絡的無線電及影像記憶裝置之後，衛兵說：
「允許你們入境三天——只不過，在國內必須跟嚮導一起行動，並且聽從其指示。」

奇諾答應那個條件之後便得到允許入境。

城牆打開之後，奇諾、漢密斯與衛兵一起踏進國內。

首先呈現在眼前的是整片的農田，只是都荒廢著，幾乎沒有看到農作物。

在農田後面就是房舍，再更後面是高樓大廈，而巨大的三角形一面遮住右側天空，一面高高聳立著，簡直快把那些建築物蓋住。這時候位於筆直斜面的太陽，已經快要下山了。

「那果真是日晷啊……？」

正當奇諾念念有詞的時候，一輛看起來被操得很慘又到處生　的小型卡車，開到他們面前停了下來。

從卡車步出一位身穿套裝的年輕女性。她先向衛兵打招呼，接著是奇諾他們，然後自我介紹說她就是嚮導。她是個戴著眼鏡且表情嚴肅，給人冰冷印象的年輕美女。

奇諾也向她打招呼之後，嚮導便用制式的語氣說：

「那麼，我帶你們到投宿的飯店，請把摩托車移到載貨台上。動作請快一點，否則天快要黑了。」

相信你們一定有很多問題想問……不過那些請等明天再說。」

奇諾說「我知道了」之後，便利用摺疊式斜坡架把漢密斯騎到載貨台。還用繩索把他牢牢固定，讓他不至於倒下。

然後奇諾坐上左側的副駕駛座，接著卡車便行駛在國內寬廣的柏油路上。這卡車外觀雖然老舊，搭乘的感覺也不是很舒服，不過駕駛座旁邊卻裝了一個大型螢幕。

行駛中，嚮導一直沒說話，奇諾也沒有說話。

當日落西沉天色變暗時，奇諾跟漢密斯被帶到位於建築物櫛比鱗次的大馬路一角的某間飯店，而那三角板剛好就聳立在西方的位置。

「那麼，我們明天早上見。從現在起，千萬不要到外面去。因為這個國家有實施宵禁，如果出去被逮捕的話，我可一概不負責。時間已經很晚了，也無法為妳準備晚餐，那我告辭了。」

嚮導表情嚴肅地講完就離開了。

在寬敞、樸素，只擺放最低限度必需品的飯店房間裡，奇諾把包包從漢密斯上面拿下來。

她一面啃著像硬黏土的攜帶糧食，一面跟漢密斯交談。

「妳發現到了嗎，奇諾？這兒的房舍跟建築物，都是大量建造成相同規格喲。」

「看到了，要不是有『那個』，還以為自己置身在模型裡，或是在同一個地方打轉呢。」

奇諾望向現在拉起來的窗簾說道，漢密斯說：

「這個國家的建築物，在建造上完全沒有花什麼時間跟金錢呢，除了『那個』以外。」

「那件事明天一定要問問看——好了，今天差不多該上床睡覺了，晚安。」

吃完攜帶糧食的奇諾，一躺在廉價的鐵管床就馬上睡著了。

「聽說吃飽馬上睡，會變成毛毛蟲喲，奇諾。」

雖然漢密斯這麼說，但是沒有收到任何回應。

過了一陣子之後，房間裡聽得見奇諾的打呼聲。

「對，就是那個！」

漢密斯自言自語地說道。

第二天，奇諾在黎明的時候起床。

她在寬敞的房間稍微動動身體之後，拿起叫做「卡農」的左輪手槍做拔槍射擊練習，然後把它

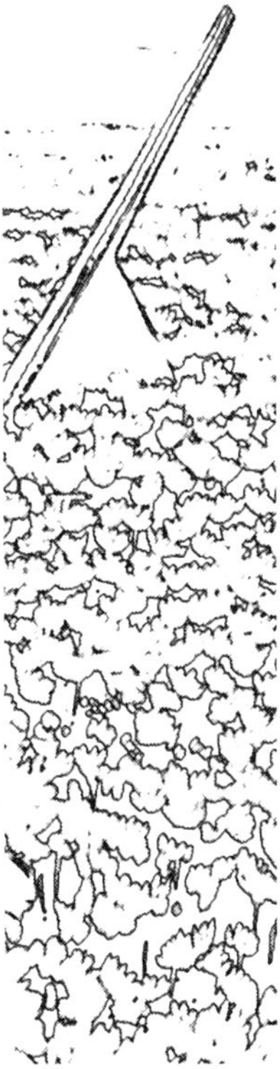

分解並一一保養。

她去沖澡的時候，出來的只有半涼不熱的水。即便奇諾有些失望，還是把身體跟頭髮洗乾淨。

奇諾拉開窗簾，太陽幾乎在同時從山脊升起，白色的巨大三角板閃閃發亮著，而返照的光芒讓室內整個明亮起來。

「好刺眼哦，奇諾。」

「是很刺眼呢——不過，漢密斯能夠這麼快就起床，倒也不壞呢。」

「到底『那個』是什麼呢？」

「到底——真叫人期待呢。」

這時候服務生走進來，送上客房的早餐。但只有又小又硬的麵包跟料少少的湯，簡直跟監獄裡的飯菜沒兩樣。但服務生是這麼解釋：

「這絕不是我們對旅行者有差別待遇。其實，現在這個國家的國民，全都只吃這樣的食物呢。」

「原來如此，你們農田的狀況也不太好呢，是連續幾年收成都不好嗎？」

「不是的——現在我不能告訴妳，只能說『是為了完成某個重大目的』。詳情還請妳詢問嚮導，妳鐵定會大吃一驚喲。敬請期待吧……」

語意耐人尋味的服務生離開之後——

「算了，就湊合著吃吧。」

奇諾拿起完全刺激不了食欲的早餐。

剛好在她吃完的時候，房間又響起敲門聲。

「奇諾！昨天睡得好嗎？好了，讓我們開始美好的一天吧！讓我來帶妳參觀這個國家！」

走進來的是昨天的嚮導。然而她卻跟昨天判若兩人，語氣顯得非常活潑開朗，還露出甜美的笑容。

「…………」

剎那間奇諾無言以對。

「呃——妳是哪位啊？」

漢密斯問道。

奇諾把漢密斯移到嚮導的卡車上，自己也坐上車。

天氣雖然晴朗，但西風卻很強勁。還看到更遠的西方天空飄著深灰色的雲層。

嚮導讓操到老舊的卡車往前行駛。早晨的街道上沒有看到其他任何車輛，連行人都沒看見。

「氣氛好悠閒哦～」

載貨台的車窗是開著的，因此漢密斯可以這麼詢問。

「是啊——不過，等一下我會把理由全說明給你們聽的！」

笑容滿面且語氣開朗的嚮導，開心地如此回答。

「請問妳要帶我們去哪裡呢？」

奇諾問道，嚮導回答她：

「到你們現在看到的那個，閃閃發亮的物體附近！」

奇諾隔著擋風玻璃看著被朝陽照著閃閃發亮的三角板，漢密斯則是從後面問：

「也可以請妳說明嗎？」

「當然可以喲！總統剛才把那個說明解禁呢！我們終於可以正大光明地炫耀了！你們在昨天入境算是很幸運呢！」

「那真是太棒了，啪啪啪啪！」

漢密斯用聲音表現拍手。

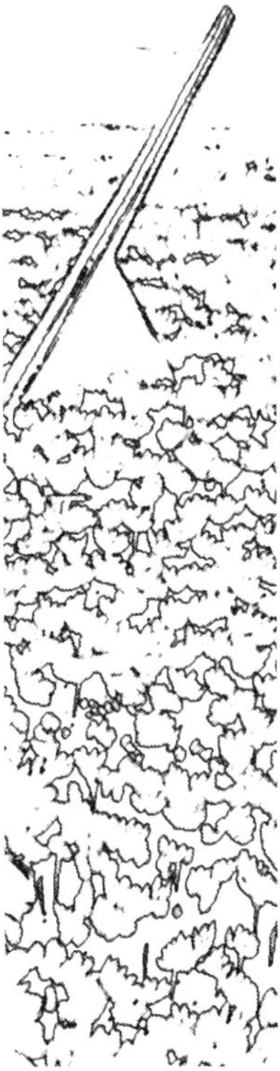

「對了，『那個』到底是什麼啊？」

奇諾問道。嚮導看了奇諾一眼，表情自信滿滿地反問她：

「奇諾跟漢密斯覺得那個是什麼呢？」

「巨型日晷的晷針。」

「應該就是……日晷吧？之前遇見的旅行者是那麼說的。」

聽到漢密斯跟奇諾的回答，嚮導一副開心到不行的樣子。

「唔——！」

她一面抖動背脊，一面從喉嚨深處發出聲音。

「？」「？」

「看樣子還沒有被看出來呢！太棒了！真是太棒了！」

「什麼？」「妳的意思是？」

「那個啊，並不是日晷的晷針！其實我國一直以來都告訴造訪的旅行者或商人們『那是使用這個國家特有儀式的日晷』這個假情報！從開始建造它的五十年前，就一直如此宣稱！想不到完全沒有被識破！太棒了！」

「原來……是那樣子啊？」

「那麼，那到底是什麼？」

「等一下就會揭曉！你們很幸運喲！」

卡車抵達的地方，是位於國家中央的巨蛋建築南側。在以扇狀圍住巨蛋建築的大廣場裡，聚集了幾乎把那兒淹沒的人潮。雖然男女老幼各式各樣的人都有，不過大家身上穿的都是一樣樸素的工作服。

「難怪街道會空蕩蕩的，這裡應該有幾萬人吧，或許有幾十萬人呢。」

漢密斯說道。

「是的，大部分的國民都聚集在這裡，準備見證歷史的一刻。」

卡車在戒備的警方引導下於人群中行駛，最後停在廣場上某個大講臺旁邊。

在排滿麥克風的講臺前方，是寬敞的道路跟滿滿的群眾，以及聳立的巨大三角板。

從斜後方看過之後，才發現它的寬幅極端狹窄。但還是讓人覺得像三角板，不過它的寬度倒是跟建築在四周的高樓大廈一樣呢。

「請看，揭幕儀式剛好要開始了呢。請仔細看那個究竟是什麼吧！」

依舊坐在卡車裡的嚮導如此說道。

而揭幕儀式就當著繼續坐在副駕駛座的奇諾，與綁在載貨台的漢密斯面前開始了。銅管樂在樂隊的演奏下響起，觀眾發出足以撼動地表的歡呼聲，然後台上出現了一個西裝筆挺的壯年男子。

「我們在這裡也能看得很清楚喲。」

嚮導打開駕駛座的螢幕。經過一瞬間的雜訊畫面之後，放映出來的畫面正是講臺上那個男人，連司儀的聲音都聽得見。

『那麼，請總統致詞。』

總統用兩手要大家停止歡呼之後便開始他的演說，內容從這裡開始。

『各位！今天是歷史性的日子！』

然後像是國民有多優秀啦，大家怎麼經過長年的努力到現在啦，花了多大的犧牲啦等等。因為他每講一個字就響起歡呼聲，使得儀式進行得超慢。

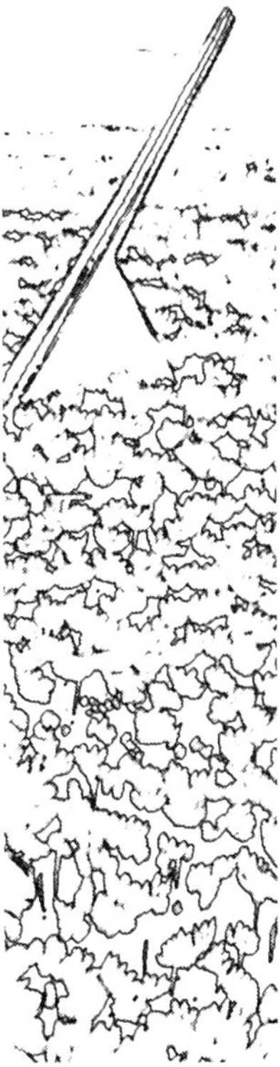

「我已經聽膩了。」

漢密斯小聲碎碎唸道，不讓感動到熱淚盈眶，偶爾還摘下眼鏡拭淚的嚮導聽見。

然後終於——

『那麼，我在此正式宣布揭幕儀式開始！揭開我們努力的結晶！打開往後邁向光明未來之門的鑰匙！』

現場傳來一陣盛大的歡呼，原本望向總統的觀眾全都回頭看，沒有一個例外。他們注視的目標是那個白色的巨大三角板。

此時銅管樂再次響起，還加上急促的連續鼓聲。

「那麼，準備揭幕了喲！」

「好興奮哦！」「…………」

『請看！』

就在總統吆喝的同時，連續的鼓聲停了下來。

然後，三角板裂開了。

「…………」

奇諾眼前的三角板，往左右兩邊打開。巨大的白色外板，分別往東邊跟西邊倒下。

在分裂的外板裡面的東西，在朝陽的沐浴下閃閃發亮。

隱藏在裡面的是細長的圓筒，那圓筒從巨蛋建築斜斜延伸指著天空。雖說是細長，但因為它大又過長的關係，才讓人覺得它很細長，但實際的粗細大約有兩線車道的隧道那麼寬，至於顏色一樣是白色的。

那個圓筒上面有像竹節那樣奇妙的膨脹處。粗細接近圓筒兩倍的短小部分，則是以等間隔排列著，數量大約有三十個。

至於在圓筒下方，豎立排列著幾十支粗支柱把那個穩穩撐著。

而覆蓋圓筒與支柱的外板，沒有發出聲響地倒下，在其下方的高樓大廈與房舍，都在它陰影的範圍之內。

「咦？下面的房舍呢？」

漢密斯問道。

「將會被壓毀。」

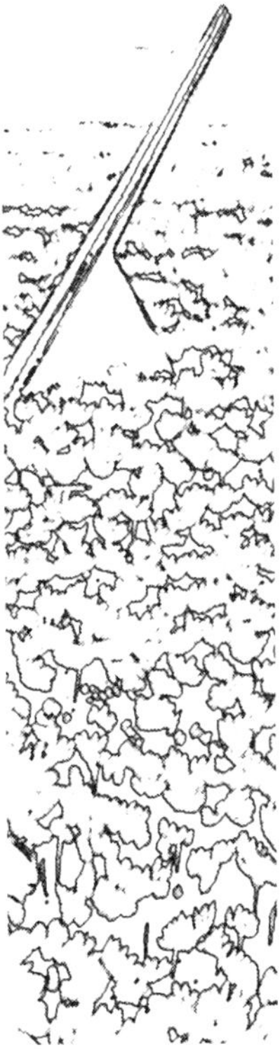

正當嚮導回答得乾脆俐落，一副事不關己的時候——

兩片三角形的外板，在一瞬間就把左右兩旁的上百間建築物壓扁。

轟然的破壞聲引起連鎖反應，把衝擊力道傳送到地面，不過數萬人的盛大歡呼聲也輸人不輸陣地響起。

附近區域籠罩在建築物被壓毀所產生的大量粉塵裡，還隨著強風往東飄揚。

「那樣沒關係嗎？我覺得有為數不少的人因此失去住處耶。」

「沒關係，理由我等一下再說。」

在歡聲雷動中，奇諾看著卡車上的監視螢幕。她一面看著位於正側面的奇妙圓筒，口中一面喃喃地說：

「這就是隱藏起來的本尊啊……」

「沒錯！好了，看得出來那是什麼嗎？」

「…………」

奇諾不斷交互看著實物跟監視螢幕，並且思考一陣子。

她看著那個長度超過這個國家的半徑，斜指著天空聳立的奇妙圓筒。

「…………我還是不懂。」

她終於舉手投降。

「這個嘛，也難怪妳會想不透。」

看著奇諾的嚮導開心笑了笑，然後回頭看著載貨台說：

「漢密斯呢？身為摩托車的漢密斯不會不知道吧？」

「我知道喲，而且馬上就明白了。不過，可以跟奇諾說嗎？」

「請說請說。」

奇諾回頭看向漢密斯，他先來個「其實……」的開場白。

「那是大砲喲，奇諾。」

「大砲？你是指能把砲彈發射遠遠的那種大砲嗎？漢密斯？」

「沒錯！那正是這個國家最引以為傲的超巨型大砲！是集合全國的力量，歷經五十年歲月才完成，讓我國邁向光輝未來的鑰匙！」

嚮導引用總統說過的話，一副在演講的模樣。

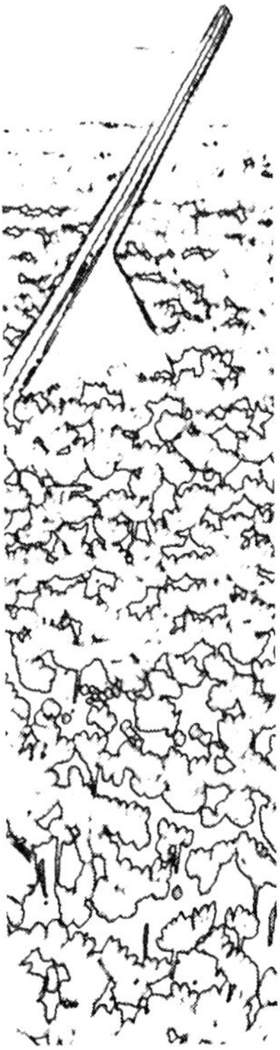

而周遭深受感動的群眾，則開始唱起讚揚國家的歌。

在大合唱的歌聲中，嚮導眼鏡下的雙眼則是熱淚盈眶。

「我國是遭受到不平等待遇的國家。」

忽然間，她從這句話開始切入主題。

「可能是我國地理位置偏僻的關係，周遭的國家完全沒把我們放在眼裡。我們明明是擁有優秀國民，堪稱世界第一的優秀國家，但他們至今都不肯認同我們的國家地位。」

「這樣啊……」「然後呢？然後呢？」

沒有詢問到底有多優秀的奇諾與漢密斯，只是不斷呼應她的話。

在宏偉的合唱聲當做背景音樂的情況下，嚮導繼續說著極具戲劇性的台詞。

「因此我國，為了針對不承認我國的全世界行使正當權利，因此下定決心要報復。」

「這樣啊……」「接下來呢？接下來呢？」

「為了找出適合的方法，便從國內挑選出適當的人才，把他們送往國外。大多數的人可能被當成間諜逮捕吧，後來就不曾回國了……可是！有一團卻成功從南國的廢墟，帶回非常棒的情報！這是發生在五十一年前的事情！」

「那就是，那個，是嗎？」

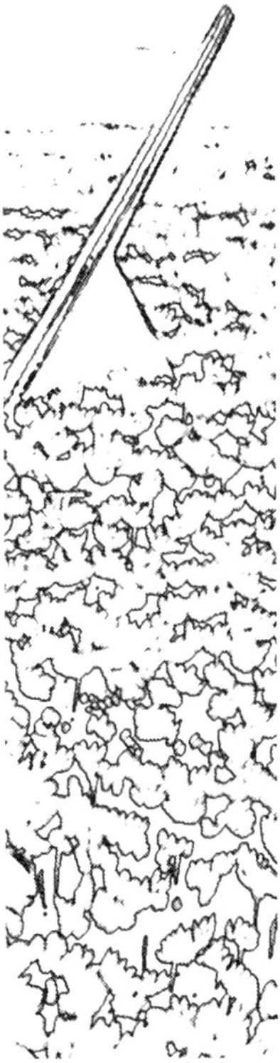

「一點也沒錯！就是那個超巨型大砲的設計圖！上面記載著——『這挺大砲能夠把砲彈發射到這顆星球的各個地方』！怎麼會有這麼棒的武器呢！等到完成的時候，全世界將會向我國臣服！」

「於是你們就開始動手建造？」

「沒錯！我們把它當做是一大國家計劃，所有事情都是以它為優先考量。我們傾所有國民的力量，犧牲所有閒暇及娛樂，採全國一致的體制來面對它！經過漫長的歲月！我的祖父、父親、祖母、母親，把他們全部人生都獻給這國家的未來！大多數人默默忍受許多事情。像家家戶戶都變成簡樸的構造，而且嚴禁奢侈浪費。由於農業人口減少到最低限度，導致糧食問題嚴重惡化，甚至還有許多人因病去世，連平均壽命也大幅下滑。儘管如此！在許多血淚累積的努力下，我們一直努力到現在！」

「所以才限制糧食啊。」「原來如此。」

「不過！如今大砲已經完成了，那些辛苦都算不了什麼！從此以後，我國什麼事都不做也沒關係！因為我們只要向過去瞧不起我們的全世界人類，隨心所欲搶奪食物或財富就可以了！全世界的財富將聚集在我國！我國只要悠閒地下令就行了！而那個拒絕我們的愚蠢國家，就等著接受正義之雷的轟炸吧！」

嚮導的演說，跟合唱同時結束。

在大聲喝彩中，講台上的總統說：

『各位！接下來是砲彈的揭幕儀式！』

又是再次的歡聲雷動，然後有十輛卡車正慢慢接近廣場。

那些是讓奇諾他們搭乘的卡車顯得像玩具車的超大型卡車。它們橫排成一列，後面則拖著大型載貨架。

載貨架上面擺了砲彈。長的是黑色圓筒狀，前端是尖銳的，就外觀來看是很常見的砲彈。但尺寸卻超乎異常地大，簡直像在搬運一座準備遷移的燈塔呢。

不久，砲彈從奇諾他們面前經過，接著通過的是影子。

「好大哦——」

漢密斯說道。

「要把那麼大的砲彈射擊出去啊？砲彈太重的話，發射時的爆發力是否會不夠啊……？像我的說服者也是有極限呢。」

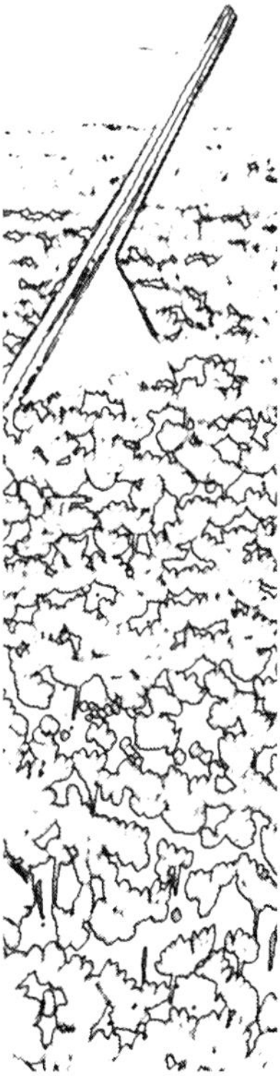

奇諾一面指著右腿的「卡農」一面問道。嚮導笑著說：

「不用擔心，我們是完全按照設計圖製造的。不過，奇諾可能是擔心自己的故鄉被滅掉吧？但妳不如祈禱故鄉是否夠聰明不違抗我國！」

嚮導語帶諷刺地那麼說道。

「安啦，奇諾。那挺大砲在發射上沒問題喲。」

漢密斯以它一貫的風格悠哉說道。

「因為那挺大砲是『蜈蚣砲』。」

聽到漢密斯這麼說，嚮導非常佩服地說：

「果然厲害，連那個你都知道啊？」

「『蜈蚣砲』？那是什麼啊？」

奇諾老實問道。

「簡單來說，就是以持續的火藥爆炸，加強砲彈擊出速度的大砲。也叫『多藥室砲』。」

「？」

奇諾不解地歪著頭。

「我用淺顯易懂的方式解釋給妳聽好了。首先，像奇諾的『卡農』，火藥只會爆炸一次。液體火藥爆炸之後，被產生的氣體往外推的子彈通過槍管，朝目標迅速飛去。至於其他說服者的基本原理，也都跟普通大砲一樣。」

「到這邊我是都聽懂了——所以當子彈很重，但又想加快它的速度，就要增加液體火藥的量……可是一旦超過界限的話，『卡農』會因為無法承受壓力而壞掉耶。」

「沒錯。若要讓子彈加速，或者飛得遠的話，就必須建造超堅固、超粗大的砲身才行。而設計來讓砲彈飛得更遠的，正是蜈蚣砲。這種大砲能夠讓火藥持續爆炸好幾次，讓砲彈的速度不斷加快。」

「幾次都沒問題嗎？」

「是的——剛開始它會『砰』地幫砲彈加速，而砲彈就會在大砲裡面行進。而讓火藥爆炸的地方，則稱之為『藥室』。」

「然後呢？」

「砲彈行進途中，在砲身旁邊裝有其他藥室，原則上是裝置在左右兩側。每當砲彈通過那裡的時候，火藥就會在那裡爆炸。那個力道就能夠讓砲彈的速度更快，接著通過下一個藥室的時候，火藥會再次爆炸、再次加速，這個程序會一而再地重覆。」

「啊啊，原來如此……我開始有點懂了喲。結果那不是一次卯足力量把砲彈推出去，而是配合時間一次又一次地推出去啊。」

「沒錯，那挺大砲不是有等間隔粗大的部分嗎？那些全都是藥室。那顆大砲彈會依序加速的關係，所以會用超乎異常的飛快速度飛出去。好了，說明完畢！」

「太棒了！漢密斯，謝謝你的說明！」

嚮導感動地讚許漢密斯並為他鼓掌，然後又做了一下補充說明。

「那挺大砲，是以巨蛋建築為中心，能夠做三百六十度的迴轉，因此任何地方都可以瞄準哦！至於射程的話，可以利用火藥的爆發量控制！」

「原來如此……」

「因為是按照設計圖製造的關係，『星球上各個地方』都在這挺大砲的射程內。沒有任何一個國家是安全的！因此我國要征服這個星球……也就是全世界！」

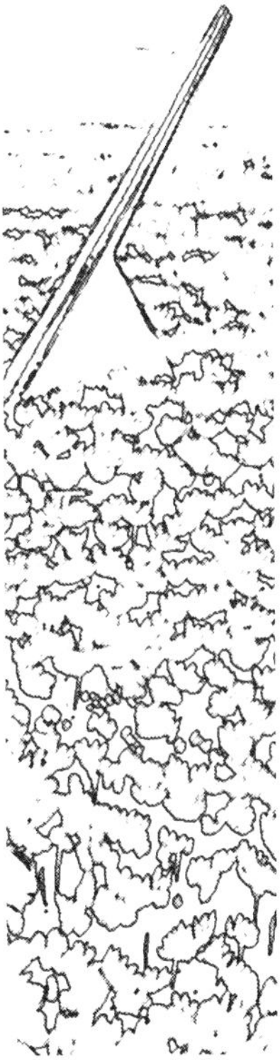

「好厲害哦～奇諾，要不要趁現在變成這個國家的人民呢？」

漢密斯語帶戲謔地說道。

「這個嘛～如果你們願意拚命工作，或許能夠成為具有勞動義務的『二等國民』呢。」

嚮導態度傲慢地說道，然後——

「對了，我們下午要進行試射，請你們務必要參觀哦。」

「這樣啊～那要射擊哪裡呢？」

「詳細情形沒有人知道。」

「什麼？」「…………」

漢密斯回問嚮導，奇諾則是不發一語地看她。

「試射的話，我們會用過去設計圖記載的火藥量，射擊決定好的位置。在設計圖上是這麼記載的——『如果你要把這挺大砲用在征服世界，最初的試射就得照這上面寫的執行。這是最大射程的試射作業，說什麼都得執行一次』。上面寫說試射那個時候，必須把從這個國家看到的月亮與星星的位置、射擊日期與時間、天氣跟溫度、濕度全套進複雜的計算程式裡，以便決定火藥量及火藥爆炸的時間點。就我們所知道的，並無法判斷它會飛到哪裡去。由於是『最大射程』，只知道是飛到星球後面的某處。」

「這樣啊——」

「等完成這次的試射作業，我們計畫找附近的目標練習射擊，從中慢慢掌握訣竅。」

漢密斯回答「是嗎」之後，又說：

「大姊姊，現在可以讓我看那個計算公式嗎？還有大砲的藍圖。」

「可以的，漢密斯你應該看得懂吧？」

嚮導操作監視螢幕旁邊的按鈕。結果，類似大砲的設計圖畫面消失又出現，然後有複雜的計算公式在上面跑，還反射著漢密斯的大燈燈光。計算公式的羅列，經過幾十秒後終於結束。

「怎麼樣？看懂的話請告訴我，那對我們會很有幫助哦。屆時根據立下的功績，應該很容易讓奇諾升格為『一般國民』呢，甚至可以保障每天能過豐衣足食的生活。」

嚮導說道。

「嗯——……」

漢密斯難得說話吞吞吐吐的，然後——

「不行！因為太複雜了，我實在不懂，我投降！」

「是嗎……真是很遺憾。」

「不過奇諾只是個旅行者，跟征服世界並沒有什麼關係呢。」

「是啊——話說回來，奇諾跟漢密斯要參觀我們的試射典禮嗎？由於待在地上很危險，屆時是在地下避難所透過監視螢幕觀賞的。請跟我們一起分享發射成功的喜悅吧。之後將會舉行慶功宴，而且是舉全國上下，享用睽違五十年的豪華大餐哦！」

聽到嚮導的提議，回答的並不是奇諾，反倒是漢密斯立刻回答說：

「很遺憾，我們無法參觀，因為我們必須出境了。」

「…………」

奇諾看了一眼漢密斯。

「話說回來……」

她只短短說了那麼一句。嚮導「咦？」地歪著頭，然後從載貨台傳來聲音：

「我們原本打算停留三天的，但昨天晚上突然想到一件很重要的事情。」

「咦？什麼事情？」

「那個叫做『貝爾聖察蒙太聶茲之祈禱』，在奇諾出生的國家，每個月要禁食一整天，並且到河川淨身。那在旅途中是不可或缺的呢。」

漢密斯掰了那麼扯的謊話，奇諾只能語氣淡淡地說：

「對不起，基於那個原因，我們明天非得離開森林呢。由於長途旅行的關係，害我把月數算錯一天……」

「這樣子啊……想說你們很幸運第一個知道這挺大砲的，要是親眼目睹過它威猛的射擊，當我們征服世界的時候就能當歷史口述者呢……」

「這個嘛，反正等你們發射完畢之後我們還能再回來啊。」

「是嗎？那麼……」

奇諾如此回答嚮導：

「我們要回飯店拿行李，再幫漢密斯加燃料，補給飲水跟糧食——然後就要出境了。」

正當接近正午，乘著西風而來的白雲接近這國家上空的時候。

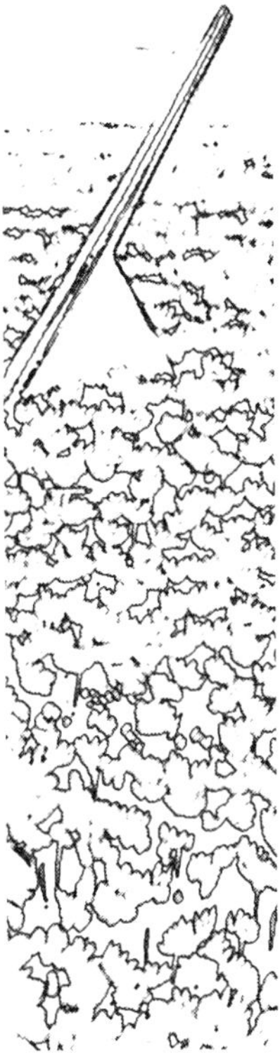

「謝謝妳的照顧。」

「等我們征服世界時，歡迎再造訪我國哦。」

奇諾與漢密斯從西側城門走出這個國家。

背對著巨型大砲望著離開的摩托車，其中一名衛兵如此詢問戴眼鏡的美女：

「這麼做妥當嗎？畢竟他們已經知道大砲的事情，卻突然改變預定行程急忙出境，該不會是想警告鄰近國家？他們會不會是間諜？」

「沒關係啦，也不過是一個旅行者，能夠做些什麼呢？等他們抵達鄰近國家的時候，我們也已經完成試射。現在沒有任何人能夠阻止我國喲！」

嚮導邊笑邊回答。

然後城門慢慢關上。

當城門消失在布滿樹梢的道路前方那一瞬間，奔馳在森林小徑的漢密斯大叫：

「奇諾！全速衝啊！」

「知道了！」

奇諾隨即猛加油門。

她一面在路上狂飆，一面大聲詢問漢密斯，那聲音幾乎不輸給引擎聲及道路傳來的振動聲。

「等一下再問你那個『什麼來著之祈禱』的做法——但為什麼要這麼做？」

「之後再解釋！現在的當務之急，就是跑得越快越好、越遠越好！總之要遠離那個國家。但過彎的時候可別衝到山崖下哦！」

「了解！」

奇諾穿過盆地，進入山區。

在快要過彎的時候她減慢速度，到了直線道路就卯足全勁加速。一路揚起沙塵在森林裡的道路行進，而且越過好幾個平緩的山脊。

然後，當他們到達能夠俯瞰盆地的山頂時——

「到這裡應該差不多可以了，奇諾，在山頂停下來。」

「終於可以停了嗎？了解！」

奇諾放鬆油門，在道路越過山脊的位置把漢密斯停下來。

她「呼～」地吐了口氣。因為在山路高速行駛的關係，臉上冒了許多汗。

奇諾從漢密斯上面下來，也把防風眼鏡摘下來。一面從口袋拿出領巾擦汗，一面回頭。

「還看得到耶。」

奇諾說道。

在這個位置看到在綠色山脊遙遠的彼方，在低空覆蓋著深灰色雲層下方的巨型大砲變得小小的，簡直就像是一根插在高麗菜田的牙籤。

漢密斯說：

「照理說他們應該要試射了，我們就在這裡觀摩吧。縱使已經離這麼遠了，大概還會聽到劇烈的聲響。」

奇諾從漢密斯後輪旁邊的箱子拿出水壺，稍微喝了點水。然後——

「啊！我知道了！大砲發射的衝擊力道很強，會毀了那個國家。那正是我們連忙出境的理由。」

「很遺憾，妳猜錯了。發射的爆炸氣旋，的確會把那國家建築物的玻璃全部震碎喲。簡陋的房舍屋頂跟牆壁，或許視所在的地點被轟飛。不過，到地下避難的話就不要緊哦。」

「不然就是……那挺大砲會發生大爆炸？因為製造失誤？」

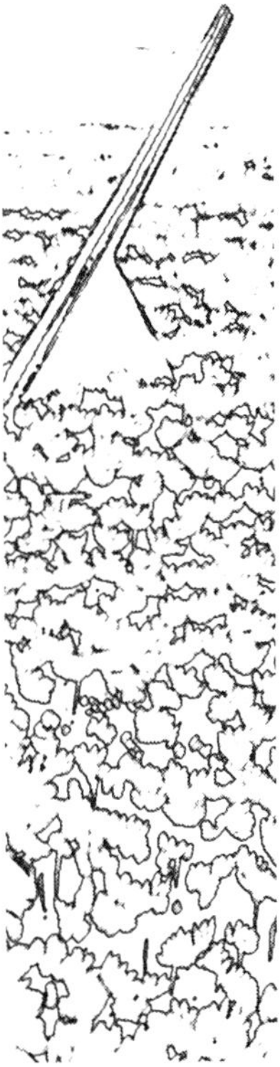

「妳又猜錯了。就我們所看到的，那似乎是完完全全按照設計圖製造的。」

「那不然……？」

「妳馬上就會知道的，時間差不多了喲。」

漢密斯的話讓奇諾又轉頭望向東方，看著遠遠那挺大砲。

風與樹木搖動的聲音包圍著奇諾與漢密斯。

經過數秒之後——

有光源從渺小的大砲前端飛出。

紅色的小光源留下線條般的殘影，一瞬間往天空飛去。那個時候，籠罩在大地上方的雲層被轟出大大一個洞，形成圓形的藍色天空。

而大砲前端剛開始冒出濃烈的黑煙，緊接著裊裊上升白煙，並且隨風飄散。

「射擊了……」

「了不起，完全按照計劃進行喲。就某種意義來說，那國家的人們的確非常優秀呢。照那個情形判斷，應該會如他們瞄準的目標命中。」

奇諾回頭看著漢密斯說：

「…………你知道那砲彈飛去哪裡啊？」

「嗯。」

就在漢密斯乾脆回答的下一秒鐘。

有如雷擊落在極近處的轟隆聲，以猛烈的速度通過奇諾與漢密斯所在的場所。

「哇！」「來了！」

那是較晚傳來的發射聲，來自周遭山區地表的低沉回音，後來又輕輕響了好幾次。

「這時候，那個國家應該正欣喜若狂吧。會不會在盛大宴會裡互相乾杯呢？」

漢密斯說道。

「但是我沒吃到。」

「妳錯了，最好是不要吃喲。我們該走了，奇諾。為了以防萬一，到遠一點的地方去。」

「什麼？」

「別問那麼多啦！好了，全速前進！」

奇諾歪著頭有些不解，但還是跨上漢密斯發動引擎。

後來他們越過了八個山頭。

「還不夠。」

奇諾在以超快的速度在山路狂飆，直到漢密斯說ＯＫ為止。

雲層籠罩的天空也接近傍晚，使得它的深灰色又變得更深。

「已經可以了，奇諾停下來吧。妳現在再看看那個國家，麻煩妳用主腳架把我穩住。」

奇諾再次聽從漢密斯的指示把他停下來。他們的所在位置跟剛才一樣，是在高山山頂。奇諾把漢密斯的主腳架踢下來，使其稍微插進泥土裡。

「呼……」

奇諾再次擦汗，並且轉頭往東方看。

「…………」

肉眼已經看不到大砲的蹤影，於是她從包包拿出狙擊用的瞄準鏡窺視。

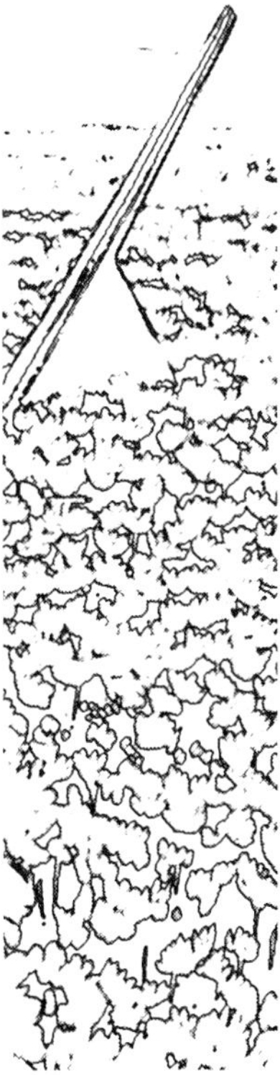

奇諾在畫有準星十字線的圓形視野裡尋找大砲。

「妳再往左一點——沒錯，就在那下方附近。」

當她順從漢密斯的指示，終於在綠色山脊的上方看到白色大砲的前端。

「有了！找到了哦，原來在那裡啊！」

奇諾的眼睛從瞄準鏡移開，想說直接用肉眼看看，結果確認到像白色尖刺的物體。

「那麼，差不多要發生了，我現在就回答剛才的問題吧，奇諾。妳知道為什麼要催妳趕快到這麼遠的地方來嗎？」

「喔？你終於要說了？」

奇諾回頭看他。

「不用看我，繼續注視那個國家喲，奇諾。」

「知道了……」

漢密斯對把頭又轉回東方的奇諾說：

「過去計劃那挺『大砲』的人，害怕它會被濫用在不好的地方，所以就安裝了安全裝置。」

「安全裝置？」

一面看著渺小又渺小的大砲，奇諾一面問道。

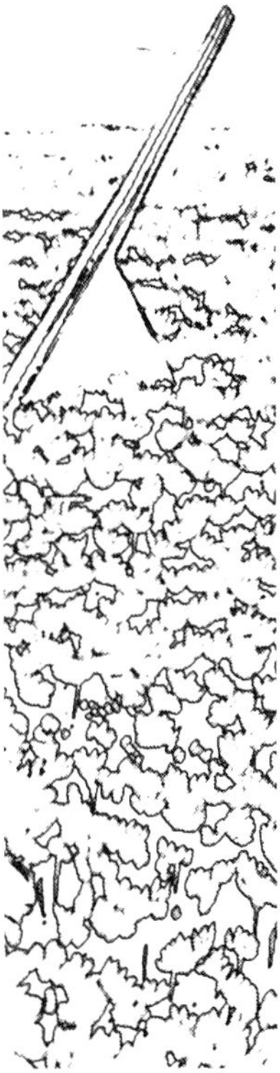

「沒錯，就是安全裝置。只要照那個計劃射擊——」

漢密斯把話說到一半。

「？」

當表情訝異的奇諾眺望東方的時候，發現在視野的右邊角落，在南方低空的位置有什麼東西在發光。

而發光的下一秒鐘，那變成紅色的光線。

光線貫穿南方某個雲朵，以平緩的角度撞上白色所在的綠色大地。

然後，原本在那兒的白刺及原本在那兒的所有事物都被轟掉，像水柱那樣以斜角的角度飛舞。

「啊——」

「是的，命中了，就像那樣。」

「咦？」

奇諾目瞪口呆注視的前方，綠色大地冒出鮮紅色的火球。宛如日出太陽的火球在一瞬間膨脹，將上空的雲層轟散之後，當然就在一瞬間消失了。而大量的濃煙在藍色天空的洞隆起，不久就像香菇那樣向上升起。

然後是大地搖動。

「哇！」「哎呀呀！」

突如其來的地震，把奇諾晃得站都站不穩，只好原地蹲下來。

接下來是響徹四方的巨響。彷彿被剛才的砲聲壓得很難受似的巨獸，發出低吼的聲音圍繞整個世界，化成突然吹起的強風襲擊這一整個區域，連枝頭的樹葉也被震得大量散落。

「哇啊！」

「好厲害哦──！」

奇諾與漢密斯雖然不斷大叫，聲音卻完全被蓋住。

當持續好幾秒的轟隆聲只剩下回音並靜下來的同時，大地也突然停止搖晃了。

免於翻倒的漢密斯一派輕鬆地說：

「正如原先瞄準的喲。」

奇諾一面撥掉落在頭上的大量樹葉一面站起來，然後回頭。

「難道說──」

「沒錯，就是妳心裡想的那樣。我不是說過『最大射程』嗎？因為它具備了把砲彈射到球體星球任何地方的性能，因此『最大射程』就是——」

「飛往射擊處……也就是繞行一周後又回來？」

「正確答案！」

「…………」

奇諾當場說不出話，她又回頭看了一下在上空不斷變形消失的蕈狀雲。

「這麼說……？」

「轟掉了哦，鐵定是的。」

「你說那挺大砲？」

「不對。」

「是那個國家……？」

「不對，是那個盆地。」

「…………」

「從此以後，應該改稱那個盆地為火山口呢。」

「那兒的居民呢……？」

「因為整個國家連同盆地都消失了，所以那個地下避難所也派不上用場喲，豪華大餐也成了最後的晚餐呢。」

「…………」

「應該慶幸我們事先出境吧？」

「是啊……撿回一命呢……謝謝你，漢密斯。」

「別客氣別客氣，那麼我現在就來教妳『貝爾聖察蒙太聶茲之祈禱』的做法吧。首先要絕食一天——」

「不，那就不用了。」

奇諾用右手摘下帽子，並且把它貼在胸前。

「…………」

她輕輕默禱之後，張開眼睛再把帽子戴上。

「其實那個，本來不是『大砲』喲，奇諾。」

「你的意思是？」

「那叫做『質量加速器』，是用來發射東西到宇宙空間的裝置。它跟大砲的差別，只在於『使用方法』而已。」

「原來如此啊……」

奇諾一面摸著右腿的卡農一面說道。

「好了，結果日晷跟豪華的大餐全泡湯了呢……」

正當奇諾準備跨上漢密斯的時候，漢密斯突然這麼說：

「哎呀？真難得，前方道路有車子喲！」

於是奇諾望向往西延伸的坡道。

在爆炸氣旋震落的樹葉被風吹得四處飛舞的森林道路上，有三輛車正行駛著。

那是車頂載了許多旅行用品的綠色四輪驅動車。奇諾輕輕摸了一下右腿的「卡農」之後，便把

漢密斯推到旁邊先讓路給對方過。
打前鋒的車子進入前往山頂的直線道路後，便發現到揮著手的奇諾並閃爍車燈。
三輛車停在距離奇諾與漢密斯稍微前面的地方，然後，從車裡下來三個背著步槍，做旅行打扮的男女。他們的年齡層在二十到四十歲，對後面車輛的伙伴打了個暗號之後便走向奇諾。
「嗨～妳是旅行者吧。」
「妳好！」
「妳好！」
他們滿臉笑容地向她問候。
「大家好。」
奇諾也回以問候。看起來像是隊長的男子主動對奇諾說：
「剛剛的地震好厲害哦，沒事吧？」
「謝謝，總算是平安度過呢。」
「我們是遙遠西北方某個國家的居民。我們聽旅行者說前方有整個國家是日晷的神奇國家，因此旅行到這裡想親眼證實一下。」
「…………」

「妳是從東方來的吧？那個國家應該就在這附近，妳有看到那麼神奇的國家嗎？」

奇諾老實回答他們說：

「看到了——可是，現在已經不存在了。」

「咦？這話是什麼意思啊？」

「我是能夠說明給你們聽啦……只不過說來話長呢。」

「沒關係喲！請妳務必告訴我們，至於報酬的話……妳看這樣的提案如何？我們伙伴之中有人是廚師，前幾天我們獵到一頭鹿，還有魚跟新鮮的蔬菜。我們就舉行一場美味可口的豪華餐會招待妳怎麼樣？」

「就這麼說定了！」

奇諾毫不猶豫地回答，漢密斯喃喃地說：

「我就知道。」

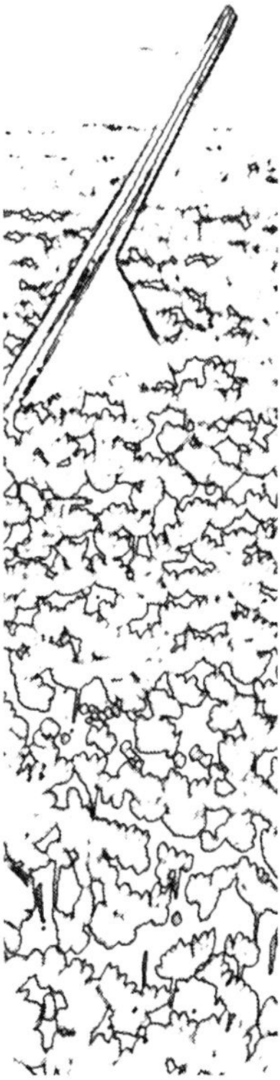

第五話

「努力之國」

—*Passage 2*—

第五話「努力之國」

—Passage 2—

這是發生在某天某個地方的故事。

有一輛車正奔馳在寬闊的山谷谷底的道路上。

那條道路相當平整寬廣，一旁是發出潺潺流水聲的清澈河水，而道路則蜿蜒地往山谷裡延伸。

這座山谷非常寬闊，道路及河川兩旁矗立著凹凸不平又險峻的深灰色岩山。岩石表面不見任何樹木，只長了零星的雜草。

天空雖然萬里無雲又晴朗，不過它的藍色非常淡，感覺有些虛幻。

在這冷颼颼又荒涼的景色裡，只有汽車的排氣聲「噗噗噗噗噗」地響著，然後消失在空氣中。

那是一輛破破爛爛又小的車子，看起來好像下一秒鐘就會解體，讓人覺得至今還能夠在路上行駛簡直就是奇蹟。

而那輛車的後面還拖著一輛車。

那與其說是車子，不如說是用鐵管框架拼湊成的兩輪拖車，因為只是在平坦的載貨台兩旁簡單裝上輪胎而已。在黃色車子用鐵管製的金屬桿拖曳下，它一面「喀咚喀咚」搖晃一面跟著前進。

它的載貨台上面，堆放了好幾個看起來像是防洪用的砂包般，裝滿東西的大型塑膠袋。為了不被陽光照射，上面還蓋了藍色防水布，而且用繩索綁得牢牢的。

「這地方好美哦，道路也很平坦。」

在右側駕駛座握著方向盤的男子開心地說道。

他個子略矮但長相俊俏，穿著棕色的短版夾克，領子還翻起來護著脖子。

「然而相當寒冷卻是它的缺點。都已經夏天了，氣候卻這麼嚴寒。雖說標高跟緯度都很高，溫度低也是情有可原，不過……」

男子補充說明之後又把領子稍微立起，手上則戴著薄手套。

由於車窗全都打開的關係，因此冷風毫不留情地灌進來。

「這種溫度算不了什麼啦！」

坐在副駕駛座的人說道。她是個妙齡女子，一頭烏溜溜的長髮塞在高雅的黑色夾克裡，以防被風吹亂。

「可是，我很怕冷啊——話說回來，師父。」

男子從缺角的後視鏡看了一眼後面的拖車。

「買那麼多，到時候要是賣不出去，我們就虧大了喲？」

稱之為「師父」的女子說道：

「放心，我有得到對方會高價購買的確切情報，雖然不知道理由是什麼。」

聽到她回答得那麼乾脆，男子不禁露出訝異的表情。

「他們會不會是在進行什麼隧道工程啊？」

但是沒有人回答他的問題。

於是黃色車子就這樣拖著拖車前進好一段路程。

正當他們通過大型山谷的彎道時，終於看到目標中的國家。

「喔！」「終於到了呢！」

呈現在眼前的，是某一個小國跟山谷的終點。

那個國家外圍圍著圓形的城牆，彷彿整個陷在山谷裡。在那個國家的後方——也是距離不遠處的山谷，卻是白色的。

那兒既沒有河川也沒有道路。

在岩石表面間又白又亮的塊狀物，一面填補山谷一面往後面延伸到更遠的地方，把禿山的地表覆蓋到幾乎看不見。

那些全都是冰，前端的部分則形成比城牆還要高的鋸齒狀牆壁。

「那是『冰河』啊……雖然曾經聽說過，但親眼看見卻是頭一遭呢……」

男子邊開車邊瞇著眼睛。

「那真的是冰雪化成的河啊……等我們把炸藥賣掉就去參觀一下吧，師父。」

「可以啊，不過等賣出去再說。」

女子也答道。

小車慢慢接近那個國家。

載滿炸藥的兩人入境之後——

「旅行者！歡迎光臨我國！」

受到非常熱烈的歡迎。

不過更受歡迎的是他們拖在後面的炸藥。他們入境後不一會兒，這國家就以相當高的價格把炸藥連同拖車一起收購。

結果兩人賺了不少錢。

「哎呀～真是太好了。師父，我們多跑幾趟吧？」

「如果你耐得住寒冷開車的話。」

「我可以我可以！」

「不過，在那之前我們多聽聽一些情報吧！」

女子與男子把車子停在一旁，然後走向收購炸藥並且忙著搬運的居民們。

「各位，這些是旅行者帶來的。有了這些炸藥就不用等定期船班，可以直接進行作業哦！」

女子詢問開心說這些話的居民們說：「你們要利用這些炸藥做什麼？」

居民們答道：

「喔喔！請你們務必要參觀一下！」

然後就帶他們兩人到看得見冰河的城牆上面。

「你們看得見冰河的前端嗎？」

居民如此問道，兩人回答說「看得見」。在四處都是大型岩石的谷底後方，有一道像高樓大廈那樣聳立的白色牆壁。

背著炸藥的居民們開始往上爬，然後做了些什麼。不過他們也很快完成作業，連忙從冰河的前端離開。

「一切準備就緒，要炸了喲！點火！」

當居民這麼說的下一秒鐘，地鳴跟稍微延遲的爆炸聲隨即響遍山谷。

炸藥在冰河各個地方連續爆炸。

只見冰塊裂開、倒下並慢慢崩塌，在大地碎裂並四分五散。

爆炸與崩塌的巨響在山谷迴響，等那聲響好不容易消失的時候，冰河確實變短了，雖然只短一

點點而已。

「原來如此……是用在那個地方啊？那的確需要很大量呢。」

感到佩服的男子說道。

「是嗎！若不像那樣定期炸碎冰河，國家不久就會被吞噬對吧？」

然後又開心地那麼說。

「不，不是的。」

「咦？」

「那條冰河就算不去管它，也不會流到國家裡。過去也不曾發生過。」

男子問：

「那麼，是要利用那些冰塊，帶到其他國家販售嗎？」

「這個嘛，也是會那麼做……但那絕不是原本的目的喲。」

「這麼說的話……？」

「那麼？」

兩個人異口同聲地詢問，居民回答說：

「為了讓這個星球變暖和。」

「啥？」

男子回問。

這時候居民彷彿上課的教授娓娓說道：

「旅行者你們聽說過『整顆星球因為人類的生活而慢慢變暖和』這件事嗎？」

「喔，是的，我以前曾聽說過。」

「這是所謂的『暖化現象』嗎？」

男子與女子答道，居民很滿意地拚命點頭。

「我們是在古書上知道那件事的。那上面是這麼寫的，『暖化將讓冰河融化』。」

「原來如此……」「然後呢？」

說到這裡，兩個旅行者似乎是搞清楚狀況了。

「於是我們發現到一件事。既然這樣，只要『不讓冰河融化就可以了』！」

這時候兩個人還是丈二金剛摸不著頭腦。

不過居民開心地說下去：

「所以我們決定炸碎那條冰河！把炸碎的冰塊送到遠方販賣，或是利用大地的熱度或丟進河川融化。你們知道那麼做會怎麼樣嗎？」

「咦？呃……」

突如其來的問題讓男子一時語塞。

「星球就會越來越暖和！如此一來，我們的生活就會變輕鬆。冬天也不再冰天雪地的！而旅行者你們，也不需要在夏天還穿著夾克呢！」

「這個嘛，的確是幫了大家不少忙呢……」

「對吧！相信到了你們孫子那一輩的時候，世界一定會變得很容易居住喲！」

「…………」

男子沉默不語。

「原來如此，我很了解了，你們好好加油哦。」

女子則是那麼說。

「謝謝！我們會繼續努力的！因為可以改變世界啊！」

就在這個時候。

「可是——」

男子對幹勁十足的居民提出疑問。

「是的，有什麼事嗎？」

「理由我們是明白了。可是，你們不會覺得這個國家所做的努力，不是很順利嗎？」

「不——旅行者先生，其實有這麼一句至理名言喲，是我們永遠深信不疑的話。」

「咦，那句話怎麼說？」

「是的，那是這麼說的——」

兩名旅行者在經常聽到爆炸聲的那個國家，停留整整兩天的時間。

第三天早上，破破爛爛的小車穿過了城門，當初來的時候拖在後面的拖車並不在。

穿過城牆之後，男子在踩油門以前把頭從車窗伸出去回頭望。

「努力之國」
—Passage 2—

「師父——那些傢伙的努力要到什麼時候才有回報啊？」

「誰曉得呢？就算那個時候到來，我們應該早就死了吧。反正又不關我們的事。」

「這個嘛，是沒錯啦。那～麼，要再多跑幾趟嗎？既然有機會賺錢，可千萬不能錯過呢！」

「那就要看你多努力囉！」

女子一這麼說，男子隨即回答：

「那當然！我會努力喲！絕不會輸給那個國家的人們！」

男子馬上往前看，然後猛踩油門。

在小車離開的國家中心，在高塔的頂端——

有一面大旗寫著他們深信不疑的詞句，在寒風中飄盪著。

上面光明正大地寫了這樣的句子——

「小小的一步將能夠改變世界，千萬不要放棄。加油吧！」

第六話

「續・捐贈的故事」

—How's Tricks?—

第六話「續・捐贈的故事」

—How's Tricks?—

一輛摩托車奔馳在草原的道路上。

春天的草隨風飄搖，大地彷彿鋪了一塊綿延到地平線另一端的綠色絨毯。天空非常晴朗，呈現出透明的藍色。

正當行駛在土石堅固的道路時——

「哎呀——我們海撈了一票耶～奇諾。」

摩托車開心地說道。

摩托車後輪兩側的黑色箱子上面，擺了包包跟睡袋。而另外添補的各式各樣小型布包則綁了一大串，還會配合行駛的律動輕輕搖擺呢。

至於名喚奇諾且身穿黑色夾克的騎士，則是隔著防風眼鏡露出笑容。

「是啊，收穫真不少。襯衫跟內衣全換新的，也得到性能較好的睡袋，而『森之人』跟『長笛』的彈藥也都補給完成。還有，漢密斯也——」

名喚漢密斯的摩托車接著奇諾的話說：

「換好新的機油，鏈條也換新的，還增加了備用的火星塞。」

「燃料跟攜帶糧食也都堆得滿滿的。因為包包都塞不進去了，還有袋子也是。」

「一點也沒錯，捐贈的形式還真多樣化呢！」

漢密斯如此說道，奇諾點頭表示贊同。

「真的沒錯，真是謝謝那個國家的人們，再多的感謝都不足以表達喲！」

「不過啊～募集的錢有一半以上是【拯救協會】那些人賺走了不是嗎？更何況，我們大可以狠狠敲到七成左右的竹槓耶～平日那個貪心的奇諾跑哪兒去了？還在遙遠的地方旅行嗎？還是釘上十字架了？」

面對漢密斯的質問，奇諾望著天空思考一下。

「…………呃——…………你是指『一改初宗』吧？」

「對，就是那個！」

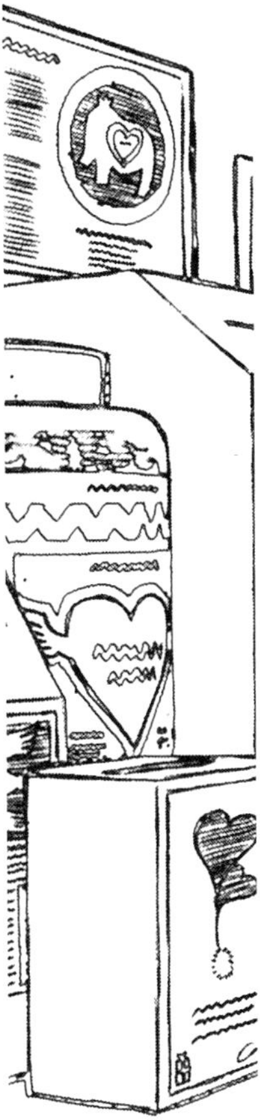

「續・捐贈的故事」
—How's Tricks!—

聽到她那麼說，漢密斯沒有說話。

「那真的很難解釋耶，漢密斯。」

「是嗎？不然真相是怎樣？」

奇諾邊行駛邊回頭看一下包包、睡袋跟搖晃的小袋子，然後又看看剛剛走過的路。而綠色地平線那頭的國家，已經看不見了。

奇諾再次把頭轉回前面。

「完全幫我們安排好的是那些人。問題是，拿那麼多也沒有用啊，我們又用不完。雖然可以拿到其他國家高價賣出啦……但如果用來收購寶石或金幣，那個時候可能會讓他們起疑心呢！」

「話是沒錯啦！」

「其實，我也害怕會露出馬腳，所以有瞞著你做了一些事呢。現在已經看不到那個國家，因此可以跟你說了。」

「喔？什麼什麼？」

「那我要宣布了喲——『假裝不幸的旅行者讓好心的國民募集捐款』這個方法，是很久以前師父傳到這個國家的，而且還讓她弄到一大筆錢呢。」

「咦——這真叫人訝異，果然不改她的魔鬼心腸呢——」

「不過呢，師父後來好像有點過意不去吧，於是這麼跟我說。」

「她說什麼？」

「她說：『如果有機會再去那裡，得跟全體國民說真話呢。』」

「嗯——可是，照那個情況看來，她應該沒再去吧？」

奇諾望著天空，一隻鳥兒展開雙翅慢慢迴旋。

她又把視線移回道路，並回答漢密斯的問題：

「嗯——然後她也這麼說：『如果妳將來有機會去，而那個國家的人們又被某部分的人們欺騙，妳就把真相告訴所有國民。只不過——要等妳拿到該拿的東西之後。』」

「咦？」

「所以我在出境以前，投了好幾封信到該國的媒體機構，不過是偷偷的啦。」

「不會吧……奇諾。」

「正如你想的。我把詳情一一寫在上面，這時候那個國家應該亂成一團了吧！」

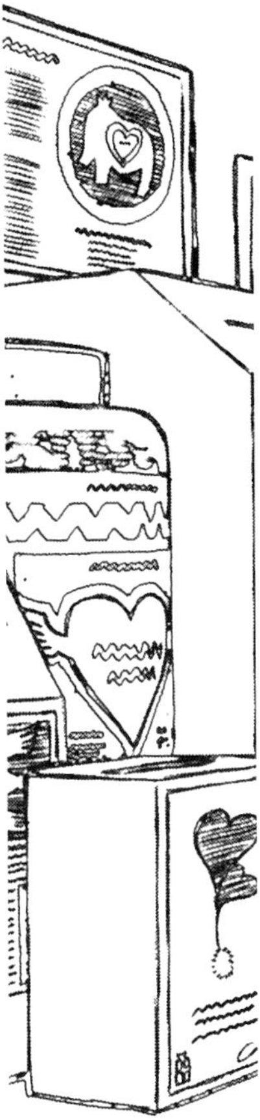

「續・捐贈的故事」
—How's Tricks?—

「妳這個惡魔！」

「欺騙純樸的人們，果然不是件好事呢！」

奇諾邊微笑邊說道，而漢密斯從下面問她：

「既然那麼想，一開始把事情說清楚不就得了？」

「那樣做的話，不會有人相信啦！」

「也沒錯啦！」

漢密斯答道，然後引擎聲響遍草原好一陣子。

不久，奇諾滿意地說：

「這次的經驗──『我們大賺了一筆』、『國民得以知道真相』、『騙子將被逮捕』，淨是一些好事呢！」

「妳真是個詐騙高手耶，奇諾。我猜那些人，現在已經氣到青筋都爆出來了喲。」

「或許吧。不過啊──」

「怎樣？」

「他們心術不正才會被騙哦。」

一輛摩托車奔馳在草原的道路上。

第七話

「信的故事」

—*the Weak Link*—

第七話「信的故事」

—the Weak Link—

我的名字叫陸，是一隻狗。

我有著又白又蓬鬆的長毛。雖然我總是露出笑咪咪的表情，但那並不表示我總是那麼開心。我是天生就長那個樣子。

西茲少爺是我的主人。他是一名經常穿著綠色毛衣的青年，在很複雜的情況下失去故鄉，開著越野車四處旅行。

同行人是蒂。她是個沉默寡言又喜歡手榴彈的女孩，在很複雜的情況下失去故鄉，不久前才成為我們的伙伴。

目前我們在淒涼的荒野。

從停下來的越野車望出去沒有任何草木，是一片由堅硬緊實的岩石所構成的棕色大地。然後上空只有陰沉沉的灰色天空。

時間雖然是下午，但看不出太陽的位置，氣溫是攝氏零下幾度。連嘴巴吐出來的氣，都變成往上飄的白煙。

這裡沒有風，除了越野車持續空轉的引擎低鳴聲以外，是個沒有任何聲音的世界。

「沒看到耶……繼續開車吧。」

站在駕駛座的西茲少爺邊那麼說，邊慢慢坐回去。

他穿著一貫的綠色毛衣跟綠色的防寒厚夾克，夾克的帽子就戴在頭上，眼睛戴著防風眼鏡，嘴上罩著從脖子往上拉的圍巾，戴著防寒手套的手上則握著望遠鏡。

「…………」

蒂不發一語地坐在副駕駛座上，把坐在前面的我夾在她兩腿之間，下巴抵在我的頭上。

蒂她嬌小的身體也穿上兩件式的防寒衣，全身穿得鼓鼓的模樣好像個雪人。她頭上戴的是在某國買的毛線帽，在她脖子上圍著的是用我的毛編成的圍巾。翡翠綠的眼睛則戴了又小又薄的騎馬用防風眼鏡。

「信的故事」
—the Weak Link—

西茲少爺開著越野車在堅硬的大地輕快奔馳。毫不留情灌進車內的風，簡直冷得快把人劈開。
不過全身都是毛皮的我倒沒有覺得那麼冷啦。
「…………」
蒂不發一語地緊抱住我的頭。不曉得她是覺得冷呢？還是擔心我會冷呢？
西茲少爺開著越野車往前走了一段路。
然後在空蕩蕩的荒野又停下來。
西茲少爺站在駕駛座上，用望遠鏡慢慢環顧被火燒光的這一帶。
拚命轉頭環顧的西茲少爺，突然停止動作。
「找到了！終於找到了哦！」
他連忙坐回駕駛座，迅速發動越野車前進。

這是發生在昨天的事情。
持續旅行的我們，穿越冷冽的世界，好不容易抵達某個國家。
這是個科技發展緩慢，引擎只用在工廠上的和平又悠然自在的國家。它遼闊國土裡的農田，在

農收後就被白雪覆蓋到看不見的地方為止。

雖然我們受到熱烈的歡迎，但西茲少爺希望全體定居的夢想還是無法實現。

就在我們想說「既然願望無法實現，等燃料跟糧食補給完畢之後，馬上出發到溫暖的場所」當下之時——

「旅行者！我們有個十萬火急的請求！請幫我們找人好嗎？」

穿著黑色制服並露出被逼到走投無路的表情，自稱是「郵差」的男人們前來拜訪我們。

於是西茲少爺先聽他們怎麼說。

根據他們的說法——

這個國家與鄰近諸國建立了非常友好的關係，因此雙方有很大的交流，連書信往來也很頻繁。

平常郵差都是利用單頭馬車運送信件，但他們其中一名伙伴已經超過預定抵達日期四天，都還沒有返回這個國家。

由於外頭已經持續好幾天堪稱異常氣象的嚴寒氣候，所以很有可能是遇難。於是他們決定要去搜索伙伴，但是——

「我們想說如果拜託旅行者幫這個忙，就可以用那輛很棒的車加速搜索的行動，那比我們用馬車還更有效率呢。所以拜託你……請幫我們這個忙！我們會答謝你的，雖然酬勞並沒有很多！」

西茲少爺完全沒有詢問酬勞的事情就立刻答應了。

於是我們從黎明就一直到處尋找那個郵差。

西茲少爺用望遠鏡找到的目標，在越野車行駛的前方越來越明顯。

首先是一匹倒地不動的馬，應該是死掉了吧。

越野車再往前進，看到倒地的馬匹附近有一個人。他正是下落不明的那個男郵差，穿著黑色大衣的他抱著什麼東西倒臥在地上。

我們看到他旁邊有火燃燒過的黑色痕跡。從四處都看不到馬車的情形判斷，他應該是拆了馬車點燃取暖吧。

這時候我——

『希望他能燒了馬車——不，為了保住性命，就算把信燒了也沒關係……』

『可是……那算是違反規定耶……』

『這時候還管那麼多幹嘛！有什麼東西比生命還重要啊！』

想起郵差們之前的對話。

要是他持續點火取暖的話，得救而不被凍死的可能性就很高呢。

西茲少爺加足馬力往前衝，然後在男子前面緊急停住越野車。

「我們來救你了哦！」

他邊喊邊跳下車並衝到男子身邊，蒂還有我則是尾隨在後。

「我來救你了！聽到了嗎？」

西茲少爺把手伸向倒臥的男子，並仔細觀察他的臉。

他馬上分辨出那是不是屍體。

然後——

「唔……」

男子還活著，聲音從他嘴巴微微發出。

「你振作一點！」

西茲少爺把他翻過身子扶坐起來。

他是一個年紀在二十五到三十歲左右的年輕男子，雙眼緊閉的臉上毫無生氣，凍傷讓他鼻子及臉頰的皮膚都變色了。他只是微微動著嘴巴說：

「誰……是誰……？」

靠坐著的男子把一只大袋子抱在懷裡，那是一只黑色皮革製的大袋子。

「我是旅行者，是你國家的伙伴拜託我來找你的。你已經沒事了，我會盡快帶你回國，你很努力熬過來了哦。」

西茲少爺如此回答他，男子又氣若游絲地問著：

「袋、子……還……還在嗎……？」

「啊啊，還在。袋子好好的哦。」

西茲少爺回道。

「那個袋、子……千萬不、能被燒、掉……拜託、你。拜託……了。」

男子用至今最大的聲音如此說道，然後——

就安靜下來沒再說話了。

「喂……喂！」

接著西茲少爺拚命叫他、拍打他的臉頰或是做心臟按摩，盡最大的努力設法營救那名男子，但是——

男子卻再也沒有說話了。

西茲少爺呼出一口長長的白色霧氣。

「死掉了嗎？」

宛如雪人的蒂輕輕問道。

「啊啊，死掉了。」

西茲少爺老實回答。

他把死者的雙手交叉置於胸前後，拿起男子臨死前託付的袋子，並慎重打開袋口。

「…………」

看過內容物之後的西茲少爺也拿給我跟蒂看。

袋子裡面——

是大量的信件，每幾十封綁成一綑，而且有不少綑呢。

我再次想起他那些伙伴的對話。

「如果把信燒了，他或許就能保住性命呢。」

我如此說道。

「是啊……」

西茲少爺慢慢把袋口束起來。

然後對死者說：

「我確實收到你的委託喲，這是你豁出性命保護的東西，我會把這些送回國內，送到每個收件人的手上。」

至於蒂。

「…………」

只是默默地看著西茲少爺。

我們的越野車在傍晚的時候，帶著遺體跟裝了信件的袋子回到國內。

看到伙伴的遺體，又聽到西茲少爺交付信件時說明的來龍去脈，郵差們無不傷心欲絕。

他們邊哭邊回到工作崗位上，而他們明天早上開始，也將一面向收件人道歉延誤之事，一面投遞信件。

「希望能夠讓我親眼看你們把信件送完。」

西茲少爺如此說道。

隔天早上。

天氣非常晴朗，氣溫也慢慢回升。

兩名郵差把信件堆放在馬車之後就出發了，而我們也開著越野車跟在後面。

郵差們在遼闊的國境內造訪遍及各地的收件地址。抵達指定的收件地址後，他們並沒有直接投進信箱，而是一一按門口的電鈴。

「有您的信——非常抱歉延誤這麼久才寄達。」

他們一面禮貌十足地道歉，一面在門口把信件親手交給對方。

我們則是在不遠處看著他們。

大部分的人們並不在意信件延誤這件事，而且連理由都沒有問。

謝謝。

他們只是跟往常一樣輕聲道謝，然後收下信件。

然後，在郵件已經投遞一半的午後發生了一件事。

「這是怎麼回事啊！郵戳上的投遞時間是七天前耶！平常不是兩、三天就會寄達嗎？你們到底在搞什麼啊？」

破口大罵的是某戶人家的中年男子。

郵差們沒有回答對方的質問，只是拚命向時間延誤這件事謝罪。

「我們誠心誠意向您保證，以後再也不會發生同樣的事情了……」

雖然他們低頭那麼說，但還是無法說服那個男的，他依然繼續罵個不停。

「這樣讓我很困擾耶！若是那種分秒必爭的重要信件怎麼辦！你們郵差該不會跑去摸魚啊！」

「絕對沒有那種事情……」

「那不然，你們說說看怎麼會延遲這麼久呢！」

「很抱歉，礙於規定恕難奉告……我們只能針對投遞延誤這件事情，不斷向你道歉。」

「我都說了！那樣無法讓我心服口服啊——」

中年男子在這時候發現到我們。

發現到平常絕不可能在場的旅行者與越野車的男子，他念念有詞地說：

「喂！那是前幾天入境的旅行者對吧……」

他靜靜思考幾秒之後。

「該不會是，發生了什麼事啊……？」

他這麼詢問郵差們。

「……………」

西茲少爺什麼都沒說，只是望著郵差們的背影。

「………」

蒂也什麼都沒說，表情嚴肅地看著那個中年男子。

「很抱歉，礙於規定恕難奉告……」

兩名郵差表情悲傷地重覆同一句話。

男子因此察覺到事出有因的樣子。

「看來是發生了什麼事呢……難不成是寒流的關係？」

「很抱歉，礙於規定……」

看著快哭出來的郵差，男子那麼說並轉身回玄關去。

「知道了！我不會再說什麼了！信我確實收到了哦！」

他把門打開並走進去，但是在關門以前——

「謝謝了！」

他大聲留下這麼一句話。

接著郵差們又默默地前往各個人家——

在冬季夕陽快要下沉的傍晚，他們拿著最後一封信來到最後一戶人家。

「這是最後一家，送完這封信，『我們』的任務也結束了。」

郵差對西茲少爺如此說道。他之所以強調「我們」，當然還包括死去的伙伴。

「…………」

認為應該看到最後一刻的西茲少爺，則是默默地點頭。

「…………」

不曉得她心裡在想些什麼的蒂，只是默默地看著。

當門鈴響起，從屋子裡走出來的，是一名看起來年約五十幾歲的婦人。

天氣冷而披著大衣的她，看到郵差們跟我們之後有些訝異，還問「有什麼事嗎？」

郵差一面向她道歉信件投遞延誤，一面把最後一封信遞給她。

「…………」

婦人雙手叉在胸前，滿臉不悅也不滿意地看著那封信。

「信的故事」
—the Weak Link—

「那個啊——」

婦人開口說話。

「寄信人應該是律師吧？難道不是嗎？」

郵差們確認之後，回答她「一點也沒錯」。

結果婦人不高興地「呼～」吐了口氣。

「那封信，可以幫我退回寄件人嗎？」

「…………」

正當郵差說不出話的時候，婦人又繼續說：

「那個啊，是去年跟我離婚的丈夫寄來的。他之前常常對我施加暴力，遭到逮捕之後被判有罪，覺得丟臉而移居到鄰國喲。移居之後也好幾次透過律師寄信給我。可是，信中完全不曾提到任何一句道歉的話，總是找一些自我辯護的藉口。我已經不讓我女兒看他寫的信，我自己也不想看。看過之後只會讓心情變差，下次再有信寄來我不會拆開來看，我會把它給丟了或是拿去燒掉。」

「那、那個……那麼……」

「既然郵差都在，那正好。可否請你們正式以『拒絕收信』的理由退回給寄件人呢？的確有那種規定對吧？」

「……是……的確有……」
郵差們悲傷地說道。
「那就有勞囉！」
那名婦人劈哩啪啦講完之後，便直接轉身背對我們。
「不行！」
不過這個聲音讓她停下動作。
聲音的主人，是站在我跟西茲少爺之間的少女。
「蒂？」
西茲少爺訝異地看著蒂，連郵差跟婦人也回頭看她。
「妳說～什麼，小妹妹？」
婦人的聲音雖然溫柔，但表情沒有一絲笑容。
「那個，非看不可。」

難得說話的蒂立刻回答，然後又對訝異到眉頭皺在一塊的婦人這麼說：

「妳一定要看。」

「小妹妹，為什麼呢？有什麼理由非要歷經長期痛苦的我，去看那一封會讓我回想起被毆打的過去，只會讓我作嘔又恨之入骨的信呢？」

「妳一定要看。」

「…………真是個怪孩子……」

婦人打斷蒂的話，把視線移回郵差們那兒。

「這是怎麼回事？他們好像是前幾天入境的旅行者，怎麼會跟你們在一起？」

「這是有原因的，但礙於規定恕難奉告。」

「那我就不懂了——站在那兒的黑髮旅行者，可以請你解釋一下嗎？」

婦人兇巴巴地看著西茲少爺，但他只是淡淡地回答：

「既然他們無法說，那我也不便把詳情說出來。只是——」

「只是什麼？」

「這些郵差送這封信給妳很辛苦。」

「就這樣……？」

「是的。」

婦人對西茲少爺的回答大大嘆了口氣。

「辛苦的不光是你們而已哦。雖然我無法體會你們的辛苦，但同樣道理，你們也無法體會我的辛苦吧？」

她語帶諷刺地這麼說道。

「可是，妳一定要看。」

「小妹妹，不說理由就要求人家做事，是叫不動人家的喲！」

「妳一定要看。」

「小妹妹……妳真的會講話嗎？除了那一句，妳會講其他話嗎？」

「妳一定要看。」

「…………」

「妳一定要看。」

婦人大大嘆了口氣。

「那麼，這真的是最後一次哦。再有信來的話，我會馬上撕碎的——小妹妹，明白嗎？」

「明白。」

「哼！」

婦人哼了一聲並向前幾步，從表情快哭出來的郵差手上接下那封信。至此郵差們終於鬆了一大口氣。

婦人當場「劈哩劈哩」地撕開那封信，把放在裡面的一張信紙拿出來。

「今天比較短呢，真是太好了。」

興趣缺缺的她，開始靜靜閱讀信中的內容。

婦人瞄了一下第一行。

「…………」

到了下一行，皺著雙眼四周皺紋的她像要吃人似地緊盯著信紙。

「咦——」

然後，就沒再說話。

婦人拿信紙的手不斷顫抖，雙眼瞪得又大又圓，然後這次——

「啊……」「咦？」「嗯？」「…………」

換我們非常訝異。

因為婦人的眼睛流下瀑布般的淚。淚水順著她的臉頰滑下，然後滴在腳邊。

「啊啊……」

她的淚繼續滂沱而下，還把信緊緊抱在胸前。她直接跪在玄關前的腳踏墊上。

「啊啊……啊啊……神哪……非常感謝您……」

她謝的並不是在場的人。

「我們走了。」

郵差們小聲那麼說道，接著「咻」地往右轉準備回馬車上。

那兩個郵差之所以抽鼻涕，應該不是天氣冷的關係吧。

「你們要走了嗎？」

西茲少爺小聲問道。

「是的，因為我們完成任務了……」

「我們不需要知道信的內容，只要負責把信送到收信人的手上即可。那麼旅行者，非常謝謝你們的幫忙。」

「…………」

郵差們頭也不回地回答並坐上馬車，然後隨著馬蹄聲慢慢離去。

那個時候一直哭泣的婦人，終於用袖子擦拭臉上的淚水，抽了好幾次鼻涕之後才慢慢站起來。

婦人哭紅的雙眼，望向不說一句話只是表情嚴肅看著自己的蒂。

「謝謝妳，小妹妹。」

「…………」

「要不是妳那麼說，我差點不知道這麼重要的事情呢！」

「…………」

「還有，很抱歉我剛剛說妳『怪』，其實妳很可愛喲，將來一定是個大美女呢。謝謝妳哦。」

「妳不需要道謝。」

「是嗎？不過——還是要謝謝妳，謝謝。」

看著婦人用非常溫柔的表情面對蒂，西茲少爺很滿意地閉上雙眼，想必他正在想那個郵差的事情吧。

「那麼，我們也要告辭了。」

西茲少爺微微低頭示意。

「走吧！」

他看著蒂那麼說，然後望向越野車。

當我們往前走的時候，婦人拿著那封信開心地跑回屋子，她一走進門內就大喊：

「聽我說！聽我說！我收到一封很棒的信！是非常棒的通知喲！也是目前為止最棒的消息！」

然後她，應該就對著屋裡的女兒開心大叫吧。

那個聲音連背對的我們都聽到了呢。

她確實是這麼說的。

「上面寫說，那個窩囊廢因為意外死掉了耶！」

「信的故事」
—the Weak Link—

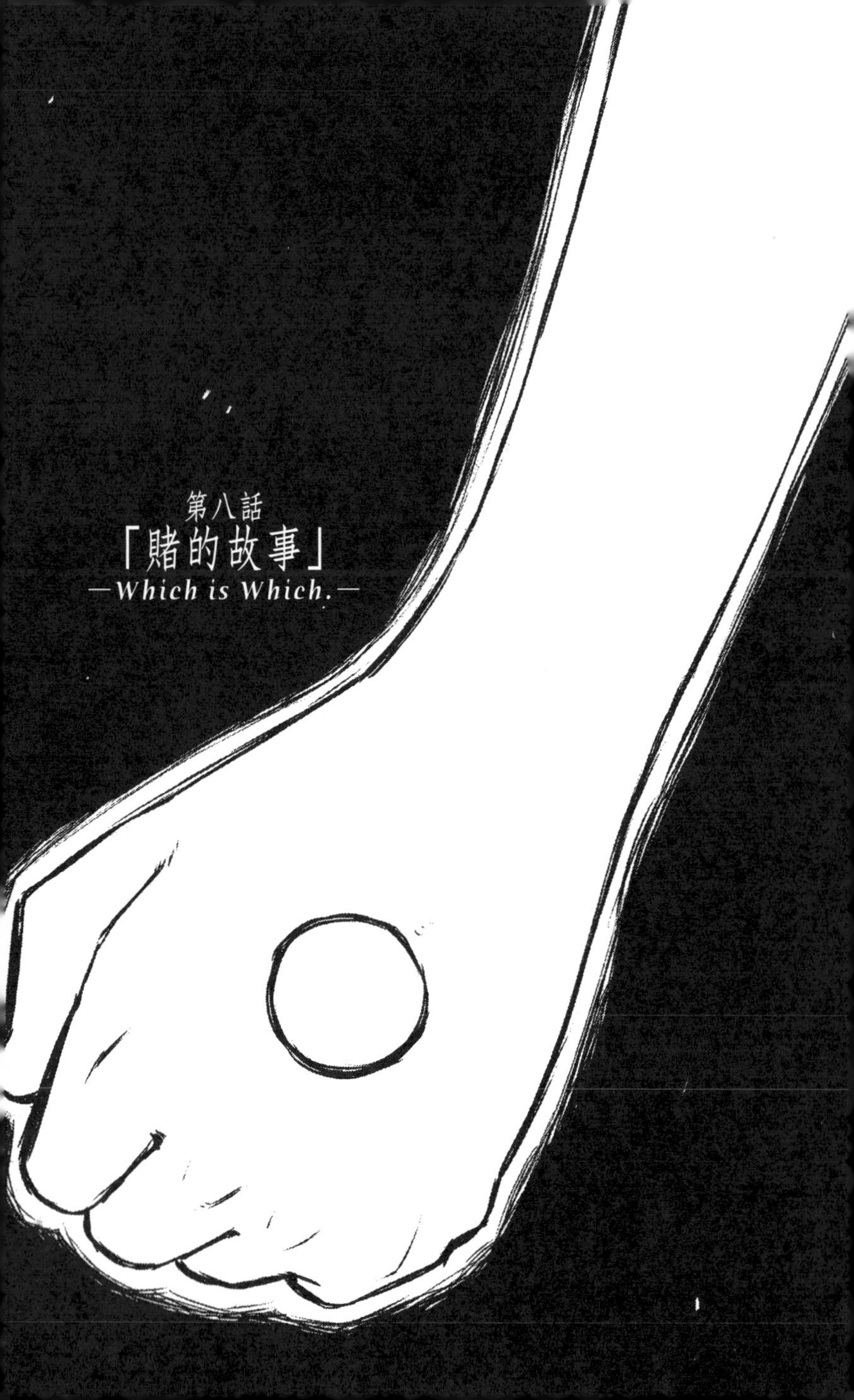
第八話
「賭的故事」
—Which is Which.—

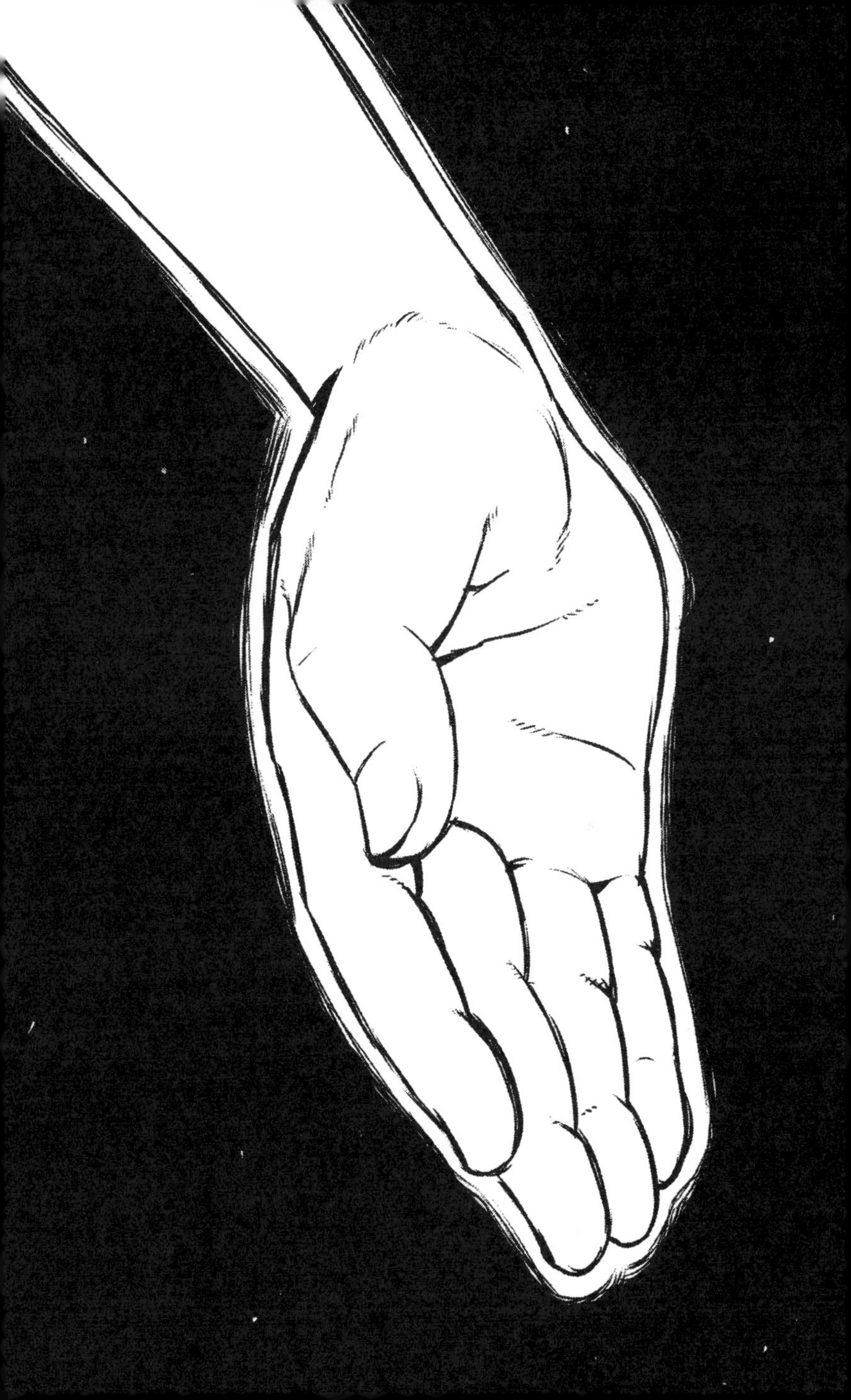

第八話「賭的故事」

—Which is Which.—

這是某個國家的故事。

是交通工具只有四輪的「汽車」跟「腳踏車」的國家的故事。

一名十四歲的少年正在煩惱該不該向同班的女生告白。

對方留了一頭長髮，是個感覺很清秀的女生。第一次上課的時候就坐在他隔壁，還一起看老師發的講義。

一直以來，他們的關係只限於早上寒暄個幾句，在走廊擦身而過時點頭致意而已。

儘管如此，到學校上課對少年而言，變成非常開心的一件事，他對她以外的女孩都當做布景般地不感興趣，他深深明白自己已經喜歡上那個女生。

他覺得對方應該不討厭自己，但是又不曾有過兩人單獨好好說話的機會。甚至於對她的事情也不是很了解。

可是，喜歡她卻是事實。是不是要趁她跟其他男生交往以前，對她表白自己的愛慕之意呢？

不過，與其憑著一時之勇而造成無法挽回的重大失敗，倒不如從現在起，慢慢增加與她交談的機會，讓雙方的感情逐漸加溫，是不是比較好呢？

少年煩惱到不知道該如何是好。

明天，到假期過後的學校後，要對她說的話是「我喜歡妳！」還是「早安！」呢？

「好吧！既然這樣——」

少年從公寓的窗戶俯瞰下面的馬路。

「下一個通過的如果是腳踏車，我就向她告白！是汽車的話，就不告白！」

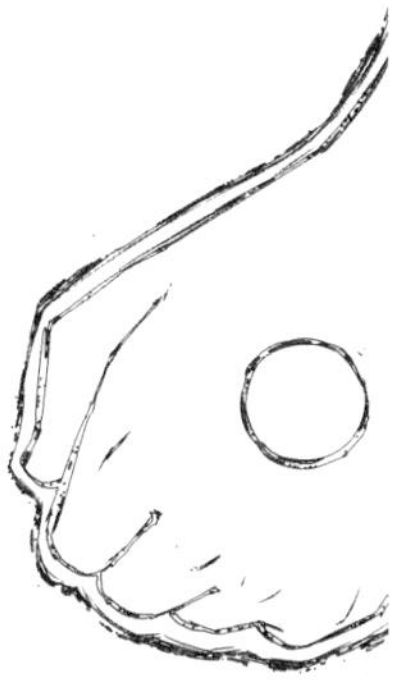

一名四十二歲的男子正在煩惱該不該跳槽。

因為他長期以來，對工作二十年的公司所給的待遇極為不滿。

他原本打算在大公司拚命工作的，但薪水卻沒有因為他的努力而提高，而且他也不滿比同期的同事跟後進低的職位。

他懷疑公司是否不賞識自己的能力？若繼續待在這家公司，是不是仍舊持續這樣的生活？於是有那種想法的男子開始考慮要跳槽，並做了多方的調查。

他找到一家收入雖然暫時比現在少，但感覺只要努力工作，將來應該會有前途的小公司。對方說如果能立刻上班，就馬上錄用。

他考慮到自己的年齡，覺得這是唯一的機會。不過，家裡還有兩個孩子要養，收入暫時變少的話的確不太妙。到了新公司非但不准失敗，連那個公司是否真的有前途也不確定。

與妻子商量的男子，經過漫長的討論之後——

「那是你的人生，最後還是請你自己決定吧。我永遠都會支持你的決定的。」

妻子決定讓自己判斷，這下子他不知道該如何是好。

明天，到假期過後的公司後，要拿到上司辦公桌的是辭職信還是公事的文件呢？

「好吧！既然這樣——」

男子從公寓的窗戶俯瞰下面的馬路。

「下一個通過的如果是汽車，我就跳槽！是腳踏車的話，就不跳槽！」

一名十九歲的女孩正在煩惱該不該跟男友結婚。

兩人正式交往還不到半年，但成熟的男友說「打鐵要趁熱」，並且熱烈地向女孩求婚。

自己非常喜歡男友，而且到了不會對他有任何懷疑的程度。他長相非常俊俏，經濟能力也夠，婚後應該不會發生什麼問題。

不過，這麼早這麼年輕就決定自己的將來，真的好嗎？年輕的人生還可以繼續玩樂，是不是應該等累積一些經驗之後再做決定呢？

而且，會不會在那個時候會遇到更棒的真命天子呢？

女孩不斷地煩惱。

明天，假期過後正式上班後的約會，對他的求婚該回答Ｙｅｓ還是Ｎｏ呢？

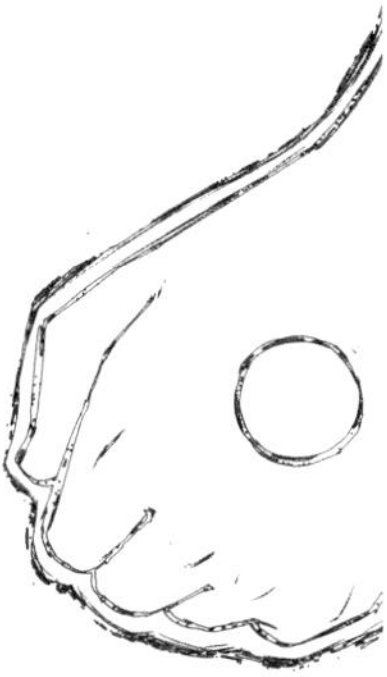

「好吧！既然這樣——」

女孩從公寓的窗戶俯瞰下面的馬路。

「下一個通過的如果是腳踏車，我就跟他結婚！是汽車的話，就不結婚！」

一名十八歲的學生正在煩惱他的將來。

因為已經到了必須上大學的時候，而且指考也通過了，再來只要送上入學申請書，從下學期開始就是大學新鮮人呢。

可是，這樣的話就得離開過去以來一直持續努力，也是自己最愛的戲劇界。

為了邁向正統的戲劇之路，應該放棄念大學進入劇團研習嗎？但是那真的值得自己賭上未來那麼做嗎？

況且，也不確定自己是否能當個成功的演員，也不知道是否能夠一直靠它吃飯。

念大學的話，應該就是像普通人那樣用功念書，像普通人那樣就業，過著普通人般的人生吧。那樣的人生走起來或許比較踏實吧。

這名學生沒辦法做決定。

明天，假期過後是否要去郵局寄入學申請書並打電話拒絕劇團呢？

「好吧！既然這樣——」

學生從公寓的窗戶俯瞰下面的馬路。

「下一個通過的如果是汽車，我就選擇走演員這條路！是腳踏車的話，就念大學！」

一名八十九歲的老人正在煩惱怎麼花他人生最後的一筆錢。

雖然自己就快因病而死，但是他無法決定怎麼處理手上的莫大資產。

他的妻子早逝，獨生子則獨自在外生活。照理說應該讓他繼承所有的遺產，但他不知道那麼做是否正確。

要是把這麼一大筆錢交給那個游手好閒，花錢又毫無節制的兒子，他一定會馬上辭掉工作過著放蕩不羈的生活。

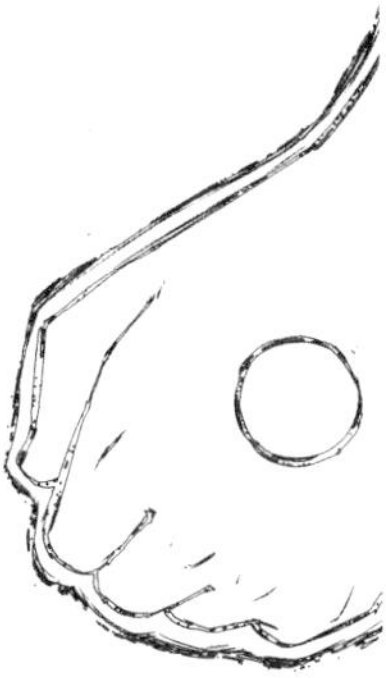

與其變成那樣，倒不如全部捐給慈善事業，或許還能替世人做點事情呢。

老人煩惱得要命。

明天，假期過後打電話到律師事務所商量一下好了。

「好吧！既然這樣——」

老人從公寓的窗戶俯瞰下面的馬路。

「下一個通過的如果是腳踏車，我就把遺產給兒子！是汽車的話，就不給！」

一名三十九歲的家庭主婦正在煩惱今晚的菜色。

究竟是偶爾煮一下自己愛吃的馬鈴薯燉肉呢？還是為了愛吃肉的丈夫及孩子做漢堡排呢？

家庭主婦望著天花板喃喃說道。

現在馬上衝到超級市場買點什麼菜回來好了。

「好吧！既然這樣——」

家庭主婦從公寓的窗戶俯瞰下面的馬路。

「下一個通過的如果是汽車，今晚就煮漢堡排！是腳踏車的話，就煮馬鈴薯燉肉！」

一名十五歲的少年正在煩惱要買哪一本書。

明天是文庫版小說的發售日，自己欣賞的兩名作家都在同一天出新作品。

雖然有事先看過新書介紹的文章，但兩部作品都很有趣，讓他都很拭目以待，因此無法決定要買哪一本好？

但是零用錢不多的關係，因此無法一次購買兩本書，而下個月又有想要買的書，所以只能夠放棄一本。

只不過，如果買的那一本書不好看，鐵定會很後悔怎麼沒有買另一本。可是，就現實來說，又無法在購買以前先到書店站著試閱那兩本小說。

要是等看過某人的讀後感想之後再買，那明天鐵定就沒辦法看了。況且對方的喜好若跟自己有出入，並不一定有同樣的感想啊。

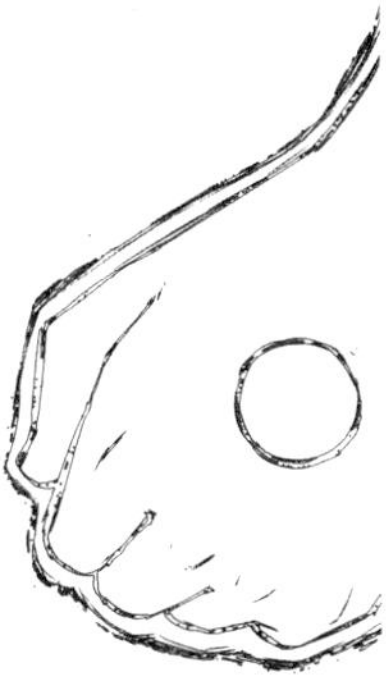

少年緊握著零用錢發抖著。

明天，假期過後放學的時候，到底該去買哪一本書好呢？

「好吧！既然這樣——」

少年從公寓的窗戶俯瞰下面的馬路。

「下一個通過的如果是腳踏車，我就買×××××的書！是汽車的話，就買另一本！」

一名二十七歲的設計師正在煩惱某一條線該怎麼畫。

他接了公司內部的新車設計比賽，原則上設計幾乎已經完成了。

但最後只有一個地方，也就是要加在汽車車體旁邊的一條線，他無法決定要加在哪個位置。

究竟要把線條擺在高的位置，畫成後面往上揚，表現出動物以前屈的姿勢伺機襲擊的肌肉力道之美呢？

還是擺在低的位置，給人流暢又快速的印象？

兩者都是他信心滿滿交得出去的設計，只是不曉得何者更能獲得評審委員的青睞。

設計師停下手中的筆。

明天，假期過後到公司之後，到底該帶哪一幅設計圖好呢？

「好吧！既然這樣——」

設計師從公寓的窗戶俯瞰下面的馬路。

「下一個通過的如果是汽車，我就把線畫在高的位置！是腳踏車的話，就畫低的！」

一對三十幾歲的夫婦正在煩惱幫孩子取名字的事情。

他們無法決定幫前幾天出生的兒子取哪個名字。

由於前面三個生的是女孩，所以分別取了用春、夏、秋組合成的名字。

他們原以為生的如果又是女孩，就要取一個有「冬」字的優美名字，讓四個人湊成四季的名字，但結果生出來的是男孩。

當然遵照法則的話也能取出優美的名字，而且也能呈現出兄弟姊妹之間名字的統一感。

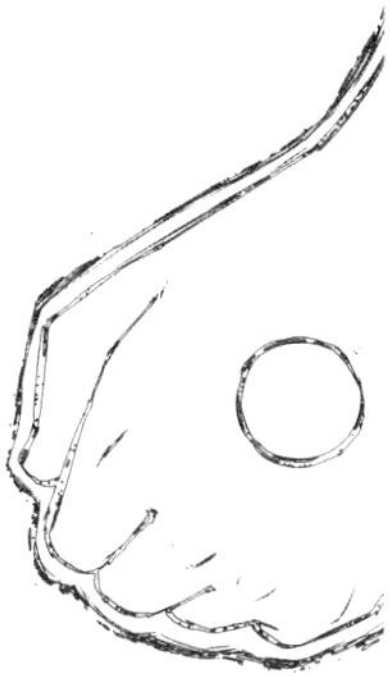

但難得生了個兒子，取個有男子氣概，而且勇敢又有力的名字是不是比較好呢？況且，將來要是讓兒子知道他們原本希望他是女孩的話，應該也不太好吧？

夫婦倆一直苦思不出答案。

明天，假期過後到戶政機關的時候，該登記哪個名字呢？

「好吧！既然這樣——」

夫婦倆從公寓的窗戶俯瞰下面的馬路。

「下一個通過的如果是腳踏車，就取有男子氣概又勇敢的名字！是汽車的話，就取帶有『冬』字的名字！」

一名四十五歲的廚師正在煩惱新菜單。

他打算開發新的甜點，在自己的店內販賣。他決定要賣加了許多冰淇淋的水果百匯，但冰淇淋的口味卻讓他大傷腦筋。

而最後剩下的兩個候補，分別是牛肉口味跟雞肉口味。

牛肉口味的冰淇淋，特徵是具有像是在吃牛排的濃郁味道。他堅信喜歡吃肉的客人一定會喜歡上的。

雞肉口味則是很清爽，淡淡的鹽能引出雞肉素材的天然美味，他相信吃完套餐肚子很飽的客人會喜歡上的。

而他請來幫忙試吃比較的店內職員，因為露出的表情很微妙，讓他放棄做判斷，所以必須靠他自己來做決定。

廚師無法幫自信滿滿的作品分出高下。

明天，在假期過後的晚餐時間，要提供哪一種新甜點好呢？

「好吧！既然這樣——」

廚師從公寓的窗戶俯瞰下面的馬路。

「下一個通過的如果是汽車，就選牛肉口味的冰淇淋！是腳踏車的話，就是雞肉口味的！」

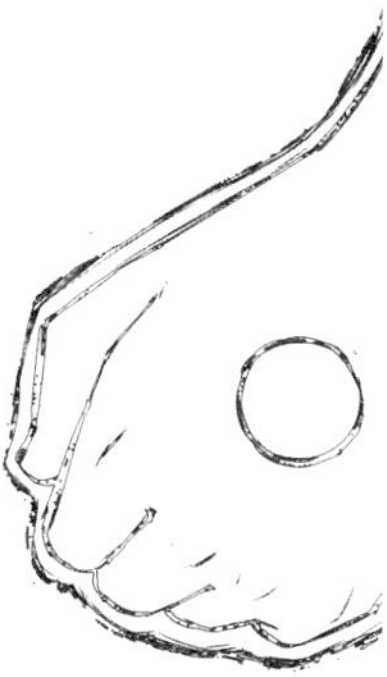

一名三十六歲的男子無法決定接下來該怎麼行動。

現在，他房間的浴缸裡正躺了一具屍體。

屍體是剛剛還在跟他說話的戀人，男子不曾跟她表明自己已婚的身分，也沒說自己是被派到分公司工作才過獨居生活。甚至還欺騙她說是「以結婚為前提」而跟她交往。

然而戀人今天卻來家裡，滿臉笑容地說已經懷了兩人的孩子，問什麼時候要舉行婚禮。

男子明白無法再隱瞞下去了，因此向她坦承一切並拚命道歉。

戀人知道自己被騙而憤怒不已，揚言要把所有事情告訴男子的妻子跟公司。男子拚命堵住抓狂的戀人的嘴，試圖阻止她那麼做。等到回過神的時候，戀人已經變成冰冷的屍體。

男子想到如果立刻向警方自首，而且表明自己並不是故意殺人，罪或許會被判得很輕吧。既然殺了人，當然應該那麼做，於是他一度拿起電話話筒。

可是，那麼做的話會讓自己失去工作跟妻兒這些人生中最重要的事物。結果男子放下電話，考慮是否應該把屍體做個處理並掩蓋這件事。

先在浴室讓屍體的血全部流乾，再剁成好幾塊，較小的部分從馬桶沖掉，其他的悄悄跟垃圾混在一塊丟棄就行了。

由於戀人曾說她沒有對外公開跟自己交往的事情，只要處理得漂漂亮亮的，就能夠讓一切埋葬在黑暗裡。

不過，事情一旦曝光的話，所負的刑責就會大大加重。被送進監獄的天數不僅會一再延長，搞不好這輩子都無法出獄呢。

男子抖著蒼白的嘴唇不知所措。

明天，是假期過後丟垃圾的日子，到底該不該把屍體拿出去丟呢？

「好吧！既然這樣——」

男子從公寓的窗戶俯瞰下面的馬路。

「下一個通過的如果是汽車……不，如果是腳踏車就去自首！是汽車的話，就不自首！」

許多雙眼睛從窗戶俯瞰下面的馬路。

假日午後，在馬路上行駛的不論汽車或腳踏車都很少。

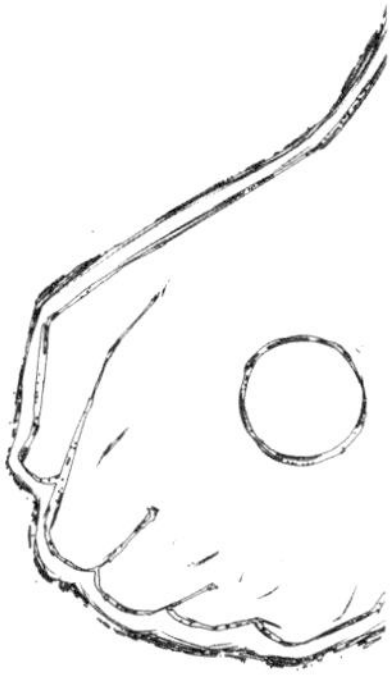

望著只有行人靜靜往來的馬路，不久——

「好棒的公寓哦，奇諾。可以說是精心建造的呢，不僅左右對稱，排列也都很整齊呢。」

「的確沒錯。不過，我對這個國家的印象，只有美味的烏龜大餐呢。」

然後奇諾跟漢密斯便通過了馬路。

第九話
「集點之國」
—Serious Killer—

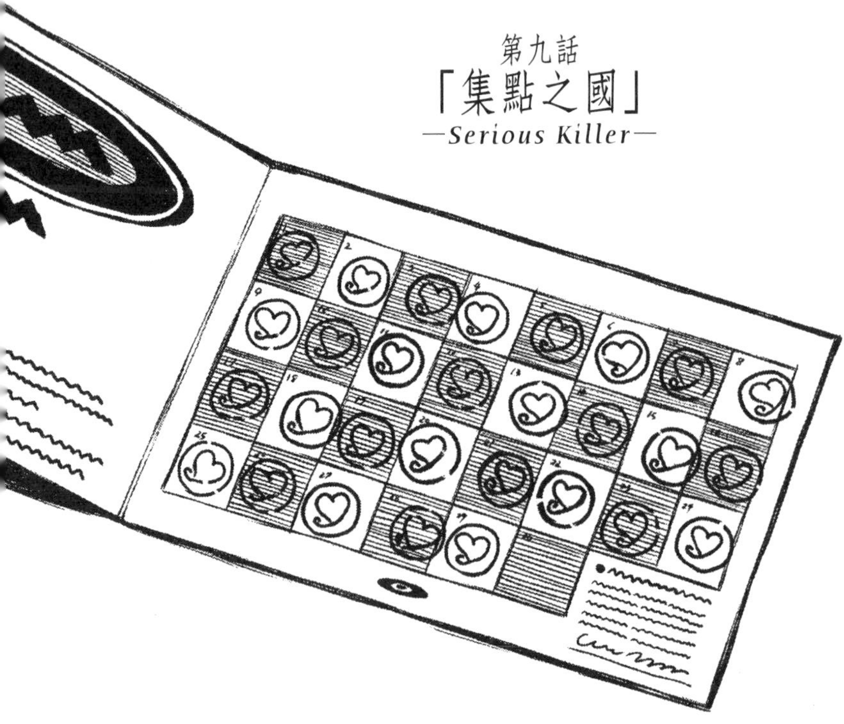

第九話「集點之國」

—Serious Killer—

「哎呀……?你們是前天入境的旅行者跟摩托車對吧?」

「是的，你好。我叫做奇諾，這是我的伙伴漢密斯。」

「你好哦——」

「兩位好，我的名字是××××。旅行者大駕光臨我國，我真心誠意歡迎你們喲。」

「非常感謝你。」

「謝啦——」

「看妳把行李都堆在摩托車上，而且大白天的就在咖啡店喝茶，應該是準備要出境了吧?」

「是的，一點也沒錯。我想最後喝一杯美味的茶再走。」

「你觀察很仔細耶。大叔，你是偵探嗎?」

「啊哈哈——不是的，我只是個退休的老人喲。這兒的座位因為沒有客人，所以都是空的，不過我可以坐妳旁邊嗎?而且不介意的話，我們順便聊一聊怎麼樣?」

「喔？如果你想把奇諾的話，小心會有生命危險喲——好痛！」

「請坐。有必要的話，請把漢密斯推到那邊去沒關係。」

「哇哈哈哈，那我就不客氣了喲——服務生，也給我一杯茶。」

「好了，你想跟我說些什麼呢？」

「這個嘛～關於這個國家有些奇特的系統，妳有何看法呢？有詢問過誰嗎？就是關於這個國家獨特的『點數』制度。」

「你是說集點數嗎？沒有耶，我頭一次聽說，不介意的話還請你告訴我呢。」

「那是什麼？那是什麼？」

「那我來說明給你們聽。在這個國家，只要某人做了什麼了不起的行為，就會有『點數』加在那個人身上。那是舉全國之力的嚴格認定制度。」

「這樣啊……必須是什麼樣的行為呢？而且，是怎麼計算的呢？」

「沒錯沒錯。」

「其實範圍很廣，如果用最簡單的方式說的話……譬如說捐贈好了，某人把自己賺得的金錢，捐贈給慈善事業等等。如此一來，就會計算那個人捐出的金錢佔他年收入的百分之幾，然後再給予符合的『點數』。如果單純用金額計算的話，那對有錢人來說比較有利，因此才會採用年收入的比例來計算。」

「原來如此。」

「嗯嗯，就像違反交通規則的罰鍰，也是根據年收入來決定。」

「沒錯。其他還有對人們的生活有許多貢獻的話，也會給予點數。譬如說，成為國民歌手，讓人們認識歌唱有多美好。還有拯救許多難治之症的病患性命的醫生或藥劑師。創造讓人們幸福之便利發明的科學家──當然啦，像是『在公車上讓位給老人』這種小事也是能夠得到點數的。只要有人看見，就可以針對該行為申請點數。如果沒有人見證到申請者的優良行為，也是會針對那個行為給予些許點數。如此一來，只要在這國家越有貢獻，就會針對其等級增加其點數。然後那個人的住民登記檔案，還有身分證都會記載那些數據。」

「也就是說，能夠馬上分辨出哪些人對人們有貢獻囉？」

「沒錯。」

「那樣的話，如果是給別人增添麻煩，或是幹什麼犯罪行為呢？會扣除點數嗎？」

「摩托車你講得沒錯。譬如說，如果被發現喝醉酒還三更半夜大吵大鬧，那個人就會被扣除點數。違法行為就更不用說了。輕微的犯罪會扣除些許點數，但是重大犯罪的話就會扣除相當多的點數了。所以在監獄服刑的人們，他們的點數都是負的呢。而那些負的數據，則全寫在他們胸前的識別證上喲。」

「這、這麼說的話……這算是我單純的疑問啦——」

「沒錯沒錯，我想到的也跟奇諾一樣。如果……不，奇諾妳先說吧。」

「謝謝——那麼，如果已經多次做出對人們有貢獻的行為而累積許多點數的人，一旦他做壞事的話會怎麼樣呢？」

「茶已經送上來了，讓我先喝一口吧——啊～真好喝。」

「這國家的茶非常好喝，我喝一口就大為驚豔。我已經買了許多茶葉，打算帶在路上喝呢。」

「那真是太好了。這茶葉是這國家的商人，在幾十年前從其他國家買進來，研究者拚命找出它的製造方法呢。從此以後就變成全國上下最愛喝的飲料。而那名商人跟研究者，也得到相當多的點數喲。」

「那麼——有關那個『高點數者』做出違法行為的時候——」

「沒錯，旅行者跟摩托車想得一點也沒錯。」

「這麼說的話——」

「點數會抵銷掉。」

「果然沒錯。」「我就知道。」

「這是一套公平的系統。不是有一句話這麼說的嗎——『以前不曾做過壞事的人一旦為惡，就會被當做是非常殘酷的人。反倒是過去老是為惡的人偶爾做點好事，就會被當做是個大好人』。」

「沒錯。」

「這是有可能的。」

「不過那是錯覺，我們千萬不能被錯覺迷惑。在這個國家，如果累積點數的人做出違法行為，那個人可以靠點數減刑呢。譬如說，像前面有提到取得高點數的人……這個嘛，譬如說他在過度激動下打人之類的。」

「這麼說的話……」

「會怎麼樣?會怎麼樣?」

「一般的話是會被判傷害罪的。不過那個人可以藉由失去相對的點數而無罪釋放。在這種點數抵銷的狀況，被害人家屬也是會加上些許點數的。」

「原來如此。」「原來如此啊。」

「只不過，對這個國家的人來說，失去點數是很痛苦的事情。而且幾乎找不到生活在這國家的人會有『反正我有點數，就算犯點罪也沒關係』的想法。」

「天哪~是那樣嗎?」

「好耐人尋味的話題哦。」

「然後我，非常煩惱。」

「什麼?」「嗯?」

「其實我啊，至今對這國家的人們都很盡心盡力。年輕時期的我，以發明家的身分開發效率良好，排放乾淨氣體的引擎。之後我還創立汽車公司，以低價販售性能優良的汽車，在這國家建立起

汽車社會。接著利用賺得的金錢援助開發新藥的醫生們，讓他們得以治療各種疑難雜症。我甚至還建造學校，提供受教育的機會給無力就學的孩子們。然後，直到上個月我當上這個國家的總統。雖然這是我自己做的評價，但是就結果來說，我相信許多人的生活變得越來越富裕。」

「那很厲害啊！那麼大叔，你不就累積了相當多的點數？」

「沒錯……是累積了喲……的確累積了……」

「有多少點啊？」

「多到可以殺死一個人呢。」

「…………」「哇喔～」

「現在的我，就算在無意義的情況下殺人，那個罪孽也能用我手上的點數抵銷。我能累積到那麼多的點數，可以說是史上頭一遭呢。」

「那真的很厲害，可是……你所謂的煩惱，就是那件事嗎？」

「沒錯……」

「是什麼樣的煩惱？」「什麼煩惱啊？」

「我，就快死了。」

「…………」「為什麼？」

「是因為疾病。這個國家的科學跟醫學雖然都很進步，但還是存在著無法治療的疾病。像今天我是從醫院偷跑出來的，再過半年……我就會死掉。可是，那並不是我的煩惱。我接受那是我的天命已盡。」

「這樣的話？」「那不然是什麼？」

「我啊——想不到要殺的人。」

「…………」「…………」

「那正是我的煩惱。」

「呃……也就是說——」

「大叔你積了許多點數，所以能夠合法殺死某人對吧？」

「沒錯，然後，我已經沒時間了。」

「…………」

「可是，你有點數卻沒有時間，既然沒有想殺的人就沒必要硬逼自己去殺人吧？」

「那我辦不到！」

「…………」

「為什麼？」

「那樣的話，我投入那麼多人生努力到現在就一點意義都沒有！」

「…………」「什麼？」

「我就是為了殺人，才這麼拚命累積點數！就是想殺人才一直努力到現在！所以就算沒有時間，我也做不出那麼浪費的事情！我想殺人！一直以來就想殺人！從我孩童時期了解累積點數的制度開始，我就一直夢想，有一天要『累積點數殺死某人』！」

「原來如此……我已經非常了解你的煩惱了。」

「我說旅行者，以前妳曾殺過人嗎？旅行者至少都有過這類經驗的樣子。」

「沒錯，是有過。」

「奇諾已經送不少人去見閻羅王了喲——不那麼做的話，她不曉得要死掉幾次了呢。」

「那麼——其中是否有並非為了保護自己或他人性命或財產，而且也沒有酬勞可拿——也就是說，『純粹因為好玩』而殺人呢？」

「一次都沒有。」

「嗯，妳沒有那種經驗啊。」

「是嗎……那妳是不可能理解我的想法的……」

「這個嘛，應該是吧。」

「不過就算是那樣，如果不介意的話，希望妳能告訴我。好不容易有機會殺人的我，到底該殺誰好呢？我並沒有任何仇視憎恨的人。跟我感情親近的人們、家人、伙伴、朋友——全都是好人，我實在無法殺死他們。這樣的話，我是不是可以殺不斷犯罪，真正的壞人呢？但那種人又不是很常見，就算找到了，如果弄錯人又會造成無法挽回的後果。更何況在公正的審判結束以前，並無法確定那個人是真的壞人。但是審判結束的話，之後法律會與以制裁，根本就輪不到我動手……」

「的確沒錯。」

「經你這麼一說還真困難呢~奇諾似乎無法解除大叔你的煩惱呢。」

「說的也是……摩托車你講得一點也沒錯。其實我剛開始也是——」

「你是想殺我才接近我的對吧？」

「是的……一點也沒錯，不愧是旅行者呢。看到妳的時候我突然想到，『如果不是這國家的人，或許很容易下手吧』。想必妳已經知道我把刀子藏在衣服下面吧？」

「是的。」

「所以，妳的右手從剛才就沒有離開腰際的左輪手槍對吧？」

「對。」

「就算我想殺妳，但反而會被妳擊斃而無法達成我的目的。所以我馬上就放棄那個念頭喲。然後，又持續煩惱。旅行者，如果妳是我，會想殺這國家的什麼人呢？」

「殺你——因為你不久將因病死亡。」

「那根本就不是我要的答案……」

「我知道。」

「唉……」

摩托車的引擎聲揚長而去，遠到已經聽不見。

「唉……」

那個男人獨自坐在空無一人的露天咖啡座，望著天空嘆氣。

男人對著用尊敬的眼神看著自己的服務生輕輕揮手，付完帳之後便離開咖啡店。

正當準備回醫院的他，走在公園旁邊的人行道好一陣子的時候。

「天哪！總統閣下！」

就在他步出公園的時候，背後傳來某個年輕女人的聲音。他回頭一看，是一個推著娃娃車的二十多歲女子。

「請不要喊我總統閣下，我已經卸任了喲。」

男人一面靦腆地用溫柔的語氣如此說道，年輕母親也一面推著娃娃車走向他。而且也跟剛才的服務生一樣，對男人露出尊敬的眼神。

「可以請你撫摸一下這孩子的額頭嗎？我希望把這孩子撫養成像閣下您——像前總統您一樣那麼優秀傑出。請您為他祝福好嗎？」

男人微笑地說「好啊」，然後慢慢在人行道屈膝蹲下。

頭髮稀疏的嬰兒在娃娃車睡得好香甜。

「是嗎……這孩子對人生還一無所知呢……」

男人用只有嬰兒聽得見的聲音輕輕呢喃。

「他什麼都還不知道呢……」

然後慢慢把手伸向嬰兒——

用他滿是皺紋的指尖，輕輕觸碰嬰兒的額頭。

他當著感動到眼眶濕潤的母親面前，輕輕對著嬰兒說：

「你將會得到幸福喲。然後，儘管去做你想做的事情吧。也就是說——不要變成跟我一樣喲。千萬不要變成像我這樣，是一個人生失敗的男人喲。」

第十話

「在雲端前面」

—*Eye-opener*—

第十話「在雲端前面」

—Eye-opener—

這裡是山區。

留著殘雪的山峰群，朝著蔚藍的天際峰峰相連著。

緩緩延伸的山麓斜坡上，有冰雪融化後的水所形成的細長溪谷、些許水池，還有高山植物伸展著顏色鮮豔的枝葉跟花朵。向下俯瞰是一整片雲海，完全看不到人類居住的景象。

有一條道路沿著高山的地表延伸，那是有維護的寬敞道路。

道路與水池之間有一群人，包括大人跟小孩共三十個人左右。旁邊則停放了三輛裝滿旅行用品的卡車。

領隊的是一名六十幾歲的男子，其他還有男性成員約十名，其餘的都是婦女跟孩童。

這一行人穿著色彩鮮豔看似高級的服裝，梳著整齊的髮型還化了妝。雖然是在旅行，但生活過得很優雅。

他們一面開心地交談，一面從事各種作業。

他們似乎選定那裡當今晚的露營地，然後從罩著車篷的卡車載貨台拿出帳篷跟座墊、摺疊式調理台等等，並且一一排列。

接近傍晚時刻，婦女們為了準備大量的伙食，開始組合大型調理台或準備碗盤。

最年長的男子則什麼也不做地坐在大塊岩石上，跟小孩子談笑風生。其他的男人們則手持著步槍型的說服者在四周戒備。

其中只有一個人的穿著打扮跟他們完全不同。

那人的年齡應該超過十五歲，不僅披頭散髮還露出疲憊的臉色。

縱使目前這裡的氣溫很寒冷，但那人卻只穿了灰色的長褲跟長袖襯衫，腳上則穿著破了洞的破爛鞋子。

然後，脖子圈著上了鎖的皮製項圈，項圈後面連著細長的鎖鏈，並且固定在卡車的載貨台。

「喂，奴隸！快點搬啊！」

那名被看守卡車的年輕男子如此叫罵的人，正努力把沉重的木箱從卡車上搬下來，然後一面拖

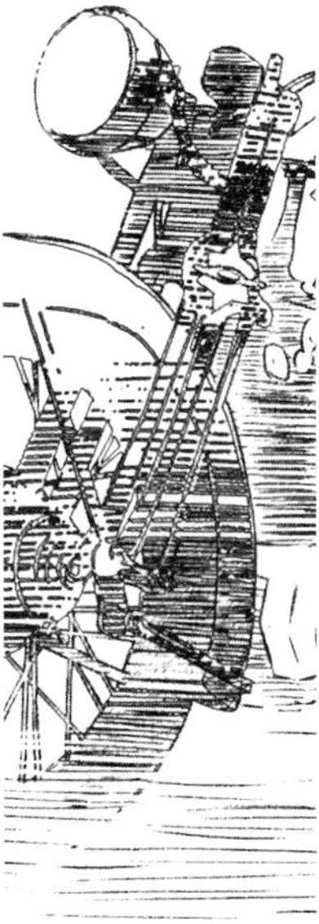

著鎖鏈一面搬到調理台那邊。旁邊有個年約五歲，穿著洋裝的女孩邊笑邊唱：

「奴隸、奴隸，臭抹抹！」

「不好意思……我把調理用具搬來了。」

奴隸一面放下木箱一面說道，卻換來在附近負責煮菜的婦女們一堆白眼。

「動作也太慢了吧，這個笨蛋！在這裡幫忙燒木炭，聽到沒有！要是敢偷懶，我馬上就去跟首領說哦！」

婦女們說完之後，就留下小聲地回答「是的」的奴隸，然後拿著籃子各自散開。

兩個一面斜眼看著開始燒木炭的奴隸，一面背著步槍在附近看守的男人開始聊了起來。一個是二十幾歲的年輕男子，一個已經四十多歲。

「首領為什麼要在上一個國家買下那個一無是處的小鬼啊？都已經過了十天，什麼工作都學不來。更何況，我們根本就不需要用什麼奴隸啊……」

年輕男子十分不解地問道。

「那個時候你並沒有出去採購，讓我告訴你原因吧。」

年長的男子答道。

他說話的聲音連那個奴隸都能聽得一清二楚，而且彷彿是刻意要讓奴隸聽見似的。

「正如你所知道的，那個國家是個宗教國家，而且有很奇怪的戒律。」

「你說的『奇怪』是？」

「就是『無論什麼時候都必須相信人』。」

「啥？」

「『每個人都很了不起，千萬不能有所懷疑。對方總有一天會回以德澤，所以要相信人』，大概就是這樣吧？總之，就只會講一些漂亮話，想法實在有夠蠢的。」

年輕男子不太明白年長男子的回答。

「呃——……然後，那個奴隸又是怎麼回事？」

「現在才要切入主題呢。我們跟往常一樣準備到那個國家販賣商品，但這次他們支付的金額有些不夠，好像是寶石開採的數量降低了，於是首領就說『如果無法支付全額的價錢，就不賣任何東西給他們』。」

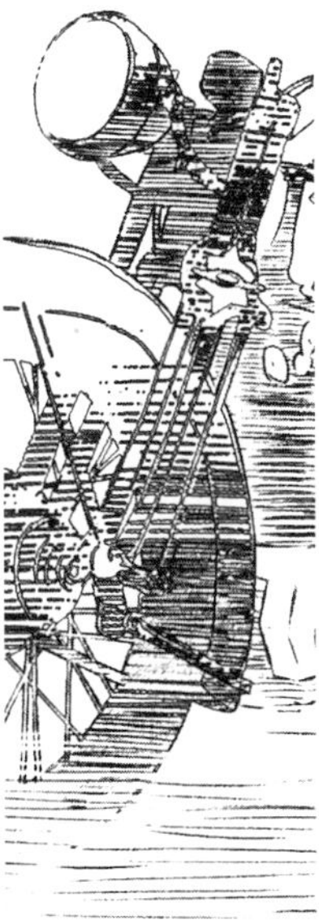

「在雲端前面」
—Eye-opener—

「喔～原來如此。於是不足的部分，就用『人』來支付是吧？」

「…………」

奴隸一面聽著男子們的談話，一面沉默不語地對木炭搧風。

「沒錯，那國家的教宗把這個奴隸帶出來，說『這孩子很勤奮，儘管當做下人差遣吧』。這故事夠精彩吧？」

聽到年長男子這麼說，年輕男子不禁噗哧笑了出來。

「噗！哇哈哈哈！那傢伙明知道那麼做會有什麼下場，結果還是把這奴隸當錢抵用！真是有夠『了不起的人』呢！好一個了不起的國家！」

「那傢伙好像是孤兒，不過這算是表面好看但很棘手的支付行為呢。算是首領因為愛現或一時興起，才像那樣變成奴隸的。只是說，既然要買奴隸，我倒希望是買個力氣夠大的奴隸呢。這傢伙那個樣子連要搬貨都沒辦法呢！」

年長的男子那麼說道，並且轉頭看那個奴隸——

「喂，我說當事人！被人用一點點代價賣掉之後，對現在的狀況有何感想啊？」

然後對奴隸這麼問，另一個男子則說：

「覺得自己的故鄉是很過分的國家吧！我說得對不對？」

聽到這些話的奴隸沒有把臉轉向那兩名男子。

「…………」

只是默默地繼續搧風。

「不理我們？膽子真大耶！」

年輕男子走向奴隸，從後面抓住鎖鏈粗暴地拉扯。

「呀！」

奴隸的脖子被往上吊，一面慘叫一面站起來。

「好歹也給我說句話啊！」

當男子把手放開，奴隸一面淚汪汪一面癱坐在地上。

「我、我該說什麼好呢……？」

然後好不容易用微弱的聲音擠出那些話，男子奸笑地說：

「只要老實回答我的問題就好喲——到底，對我們有何感想？對賣掉自己的傢伙有什麼想法？想

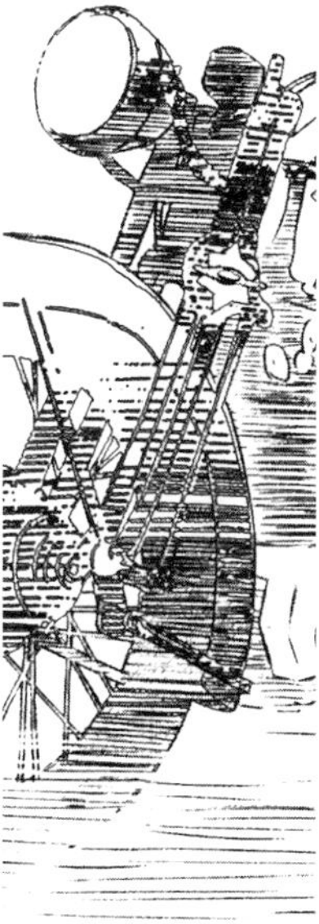

必雙方都恨之入骨吧？」
「沒有……」
「哎呀，為什麼？」
「『無論什麼時候都不能恨人』……那是我們必須奉行的真理……」
奴隸語氣微弱但斬釘截鐵地回答。
「噗！噗哈哈哈哈哈！」
年輕男子再次噗哧大笑。
「傷腦筋……」
另一個年長男子則是在不遠處難掩想笑的念頭。
年輕男子用打從心底訝異的口吻說：
「真是的～到現在還相信把自己賣掉的教宗說的話啊？」
結果奴隸回答：
「一定是教宗……要我多看看寬廣的世界。或者這種方式，能夠開啟我的好運。我相信這是針對我的未來的試鍊。」
「…………」「…………」

這些話讓現場兩個男人目瞪口呆，停頓好幾秒都說不出話來。

不久，年長的男子一面瞪著奴隸一面問：

「真的是無可救藥的傻瓜呢。喂，奴隸——還是不要再幻想了，好好看清眼前的現狀吧。自己的確被賣掉了喲，而且只賣一點點的價格。現在可是被丟在被人虐待或殺害都不能埋怨的狀況裡，就算是那樣，還不埋怨、憎恨賣了自己的教宗或把自己當奴隸使喚的我們？完全沒想過要找機會殺死我們嗎？」

奴隸搖搖頭，項圈跟鎖頭微微發出聲響。

「不，埋怨、憎恨，或者想殺人都是一種罪惡……我從來都沒有那麼想過，也不能懷有那種念頭……」

年長的男子聽到奴隸的回答，眼神馬上變了。原本瞪著奴隸的眼神，變得非常悲傷。

「……我說奴隸，讓我來說一件事吧。仔細聽好喲，人類的世界是腐爛到無可救藥的世界。輕易就會背叛、傷害他人，有時候還會殺人。是只有『不是人』的人才能存活的世界。只會相信人的人

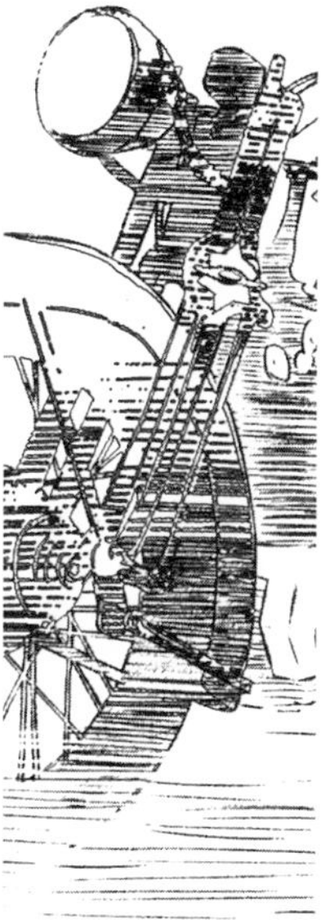

類是絕對無法存活下來。要曉得自己現在之所以能夠活著，是因為被我們當奴隸使喚的關係。一旦我們改變心意，也無法保證未來的下場會是如何。只要首領一聲令下，那個年輕人就會扛起鎖鏈並用力拉扯，只要幾十秒就會去見閻羅王哦。」

「不……我覺得，世界非常美好。人必須在互敬互愛的情況活下去。大家總有一天會發現那件事的，我也深信只有那種人生存的『美麗世界』一定會到來的。」

「啥……？」

年輕男子瞠目結舌地杵在原地動也不動。

年長的男子則皺著眉頭問：

「到現在還真的相信那種事？」

「是的。為了要在那種世界抬頭挺胸生活，我絕對、絕對不會做出埋怨、憎恨或殺人的事情。我反而寧願自我了斷性命。屆時我會帶著微笑，死在殺害我的人面前。如此一來，殺死我的人總有一天會明白我的想法的。」

「哇啊……這傢伙沒救了……這奴隸腦袋根本就有問題……」

年輕男子在斬釘截鐵回答的奴隸後面，坦白說出自己的想法。

「…………」

年長的男子則是嘆了長長一口氣。
接著命令年輕男子：
「喂，讓這愚蠢的奴隸了解一下現實的殘酷！賞那傢伙五鞭吧！」
說完便回到崗位繼續看守。
「了解！」
年輕男子從腰際抽出短鞭，滿臉開心地舉高揮舞，然後甩在奴隸的背上。
「呀！呀！」
「這下子明白了沒？說啊？」
「呀！呀！呀！」
在奴隸慘叫中走回來的婦女們，立刻對著年輕男子大罵：
「幹什麼啊你！」
「這樣會害那奴隸降低工作效率，你別老是整那傢伙好不好！其實就算不整那奴隸，那傢伙也派

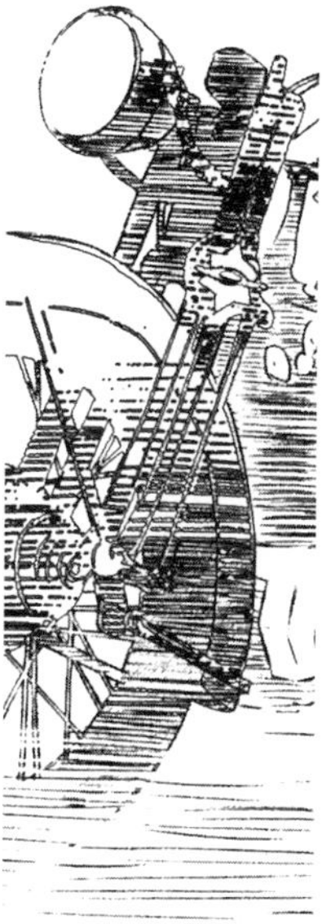

不上什麼用場！連我們都想打那奴隸呢！」

把年輕男子趕走的婦女們，對著背部微微滲血，邊流淚邊發抖的奴隸說：

「好了，別偷懶了，快點站起來！接下來把這些草洗一洗！不要太浪費水喲！那些水可是特地派一個人去汲回來的呢！」

「…………是的……」

鎖鏈鏘啷發出聲響，奴隸站了起來。

調理台旁邊擺了籐製的籃子，裡面裝滿了她們剛剛採回來的草。

奴隸用旁邊木桶裡的水，清洗那些還沾著泥土的草。那些是從溪谷汲回來，冰雪融化成的水，因此極為冰凍，但是卻沒有任何婦女幫奴隸的忙。

「動作快一點！天都快要黑了喲！」

「是的……」

手被凍得紅咚咚的奴隸，繼續清洗那些草。而清洗過的草就被婦女們用菜刀切碎，放進吊在炭火上面的大鍋子裡。

當那些作業進行的時候——

「…………」

奴隸突然停下手邊的工作，而且表情開始產生些微的變化。

好像是想起什麼事，那似乎是什麼煩惱——

「…………」

奴隸微微歪著頭，並且瞇起雙眼努力回想。

結果，在奴隸的煩惱快出現答案以前——

「喂！窩囊廢！手不要停下來！否則不准吃飯！」

婦女的罵聲飛來。

「對、對不起……」

奴隸停止思考，又回到洗草的作業。

剛剛鞭打奴隸的年輕男子瞄了那奴隸一眼，對旁邊的年長男子說：

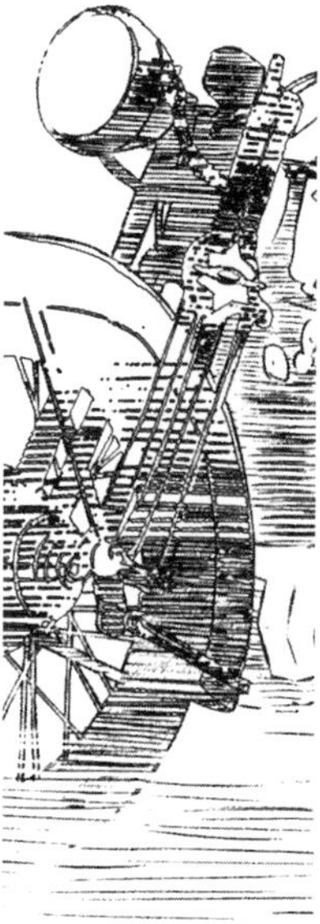

「在雲端前面」
—Eye-opener—

「不管怎麼樣，我才不要過那種人生呢。要我遭受那種待遇，我寧願勇敢地自我了斷喲。這可不是那個奴隸說的──『我自己會選擇死亡』。」

年長男子一面看著蔓延在視線下方的廣闊群山，一面看著跟視線同高的浮雲。

「那傢伙是『敗給命運的人』呢。」

「什麼？」

「在我還很小的時候，我死去的爺爺常常這麼說。他說『人類是無法用自己的力量改變命運的』，這個世界靠的全都是『命運』喲──我們算是幸運，才能像這樣以商人的身分走遍各個國家，活得自由自在的。而那個奴隸，就沒那個運了。要是那傢伙一直待在那個國家，最起碼際遇會比現在好呢。」

「原來如此。」

年輕男子邊微微調整背上沉重步槍的位置，邊講出跟剛才幾乎相同意義的話：

「我只要當我自己就好了。要我當奴隸的話，我死也不要呢！」

然後──

「那個奴隸如果想死的話，最好快點去死一死吧。」

結果年長的男子「呵」地笑著回答：

「那是不可能的喲。被鎖鏈繫著的人，沒那麼容易自殺的。就算那個奴隸自己拉緊鎖鏈，到最後也會因為受不了痛苦而鬆手的。我還很懷疑那個奴隸是否知道怎麼自殺呢。」

「啊啊，原來如此。這表示那個奴隸既無法生也無法死啊——可見運氣不好的傢伙，真的活得很難看呢。」

年長男子原則上用一句話回應他。

「說的也是呢。」

「至於『爺爺的話』——我也收下了。你其他還有什麼可以教我的嗎？」

「啊啊，當然有哦。」

「是什麼呢？」

聽到年輕男子的詢問，年長男子微笑回答他：

「『千萬不要挑食哦』。」

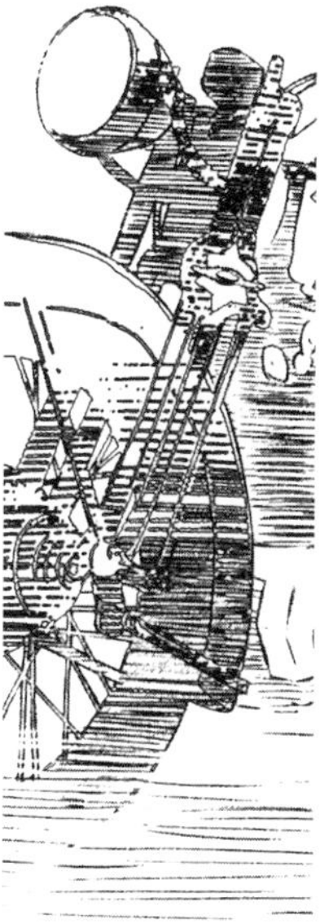

「在雲端前面」
—Eye-opener—

把所有的草洗乾淨之後，奴隸又被叫去負責炭火。

至於採回來的草，則加上卡車運來的胡蘿蔔跟馬鈴薯，甚至是醃燻肉。

婦女們熟練地在大鍋子裡燉煮食材，並且添加調味料，四周散發著美味可口的香味。

忙著煮菜的她們，低頭看著雙手已經黑漆抹烏，還滿頭大汗拚命加木炭的奴隸。

「這個鍋子要是整個翻倒在這個骯髒的奴隸身上，不曉得會變成什麼樣呢？」

「一定會痛苦得四處亂跑，並且用醜陋的聲音大哭大叫喲，那感覺鐵定很痛快呢！」

「雖然我很想那麼做，但是又不能浪費食物。」

婦女們開心地如此對話——

就這樣，飯菜做好了。

露營中的這群人，趁天還沒黑以前開始吃晚餐。

然後對所有人大聲宣布飯菜準備好了，留下幾個人負責看守之後便陸陸續續聚集過來。每個人在石頭或地面擺上自己的座墊，然後坐下來。

自然成為中心的，是身為首領的六十幾歲男人。

首領右邊坐著看起來大約四十幾歲的年輕妻子，然後是年約十歲的男孩子。

木刻的深盤盛著濃湯，而木製湯匙也一起擺在上面。

至於坐在距離較遠的位置負責看守的男人們，也有人送飯菜給他們吃。

「…………」

奴隸一面在冰冷的溪谷洗手，一面看著眼前的景象。

把手洗乾淨的奴隸，悄悄坐在跟集團有些距離的位置。這時候一個擺著臭臉的婦女出現在那個奴隸面前。

「之所以有東西吃呢，是因為工作比任何人還勤勞的關係，這點當奴隸的人應該很清楚吧，吃完了就要馬上去工作哦！」

她把濃湯絕沒有裝很多的盤子，跟握柄斷掉的湯匙放下之後，就滿臉不高興地離開。

雖然料理都分配完畢，但大家還沒開始吃。

「那麼各位，讓我們向包羅萬象的萬物表示感謝吧。」

首領如此說道並低下頭，開始念念有詞地禱告。此時除了負責看守的人，其他的人都跟著開始

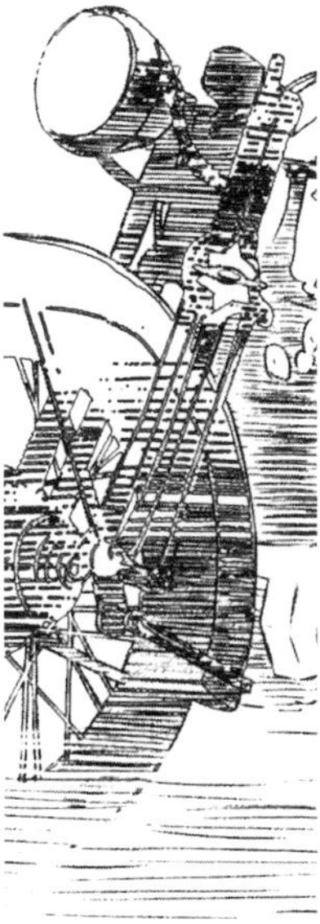

默禱。

「…………」

奴隸獨自坐在遠處的硬石頭上，等待餐前禱告結束。

剛才洗的那些草，隨風搖曳的模樣映在那個奴隸的眼簾。在首領坐著的岩石後面，順著地表往上吹的風，讓綠葉彷彿生物般地搖動。

然後——

「啊……」

彷彿打開開關似的，奴隸猛然想起剛剛一直想不起來的事情。

「啊、啊啊……」

氣息從嘴巴呼出的奴隸，連忙將視線移到眼前的濃湯。

散發著熱氣的濃湯裡，燉煮過的草混著胡蘿蔔跟馬鈴薯，露出鮮豔的綠色漂浮著。

「我、想起來了……是、毒！」

旁人完全沒聽到奴隸念念有詞。

奴隸回想起來的，是小時候祖母曾經對自己說過的話。

『這種草很好吃，而且生長在幾乎觸及雲端的高處，但是千萬不能吃！因為它有毒，不能像往常那樣煮來吃！就算只吃了一口，也會在肚子裡產生劇毒！不到半個小時就會口吐白沫，臉色變綠而死。』

奴隸確實想起來的是那些話。

「啊啊……啊啊……」

淚水從奴隸的眼眶中溢出，把弄髒臉上的炭灰沖掉。

在淚眼迷濛的視野裡，禱告完的首領抬起頭來。

「那麼各位，開始享用今天的晚餐吧！」

首領的聲音鏗鏘有力，緊接著響起大家拿起碗盤的聲音。

他們就快要開始用餐了。

如果奴隸什麼都不說的話，當他們開始吃那些草，所有人都會死掉的。

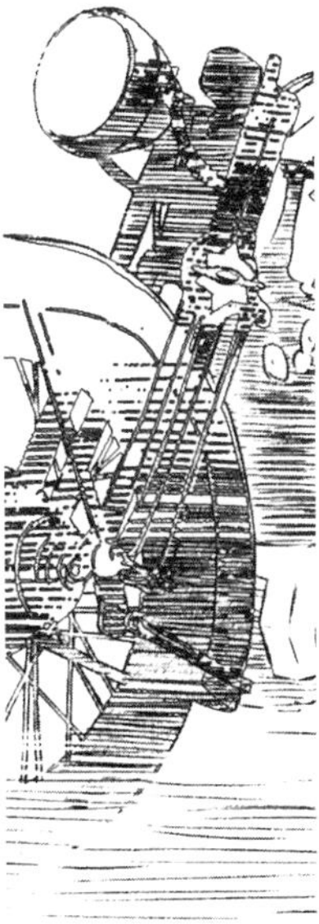

然後，奴隸就重獲自由。可是那麼做又等於對他們「見死不救」。

他們就快要開始用餐了。

現在警告他們的話還來得及。

『不要吃啊！』

為了大喊那句話，奴隸深深吸了口氣。

然後——

「…………」

時間過了一秒，真的只有一秒。照理說應該馬上變成聲音吐出來的氣息卻停住。

「不——不……不……」

接著吐出來的，只是不成言語的聲音。

「不——」

結果，還是「來不及」。

「開動！」

肚子餓扁的人們狼吞虎嚥地開始吃飯。

而聽起來吃得津津有味，他們吃得津津有味的聲音也確實傳到奴隸的耳裡。

「啊啊，今天的濃湯真是絕品呢！」

還有不曉得是誰這麼說的聲音。

「啊……」

此時奴隸的雙眼已經充滿淚水。

「怎麼會這樣……為什麼……為什麼……為什麼……」

淚如雨下的奴隸，不斷懷疑自己的行動。

「我……竟然做出……殺人般的行為……我……我是殺人、兇手……」

奴隸的視線直盯著眼前自己的盤子。

「…………」

漂浮在少量濃湯裡的鮮豔綠色，靜靜映入奴隸的眼簾。

「對了……對了……這總比讓我活著當殺人兇手……要好上、好上許多……」

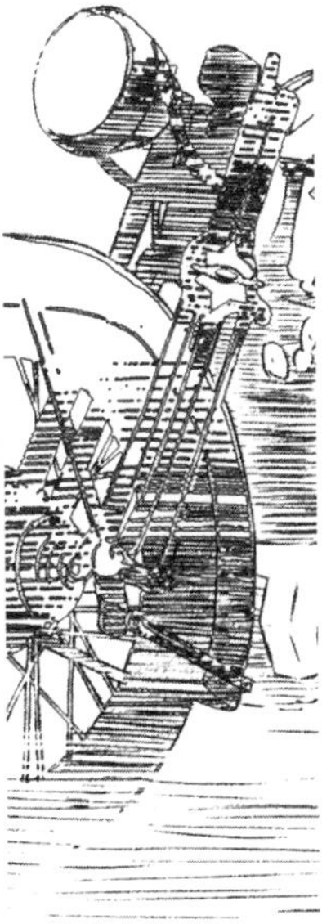

「在雲端前面」
—Eye-opener—

奴隸邊哭邊微笑，慢慢把雙手伸向自己的盤子。

「我也——跟大家一起——」

然後手抓住盤子，舉起來準備往嘴巴送。

「啊啊……」

當奴隸為了讓濃湯一口氣灌進喉嚨，而把嘴巴張得大大的時候。

有石子飛過來。

飛過來的小石子打中了奴隸的頭。

「哇！」

奴隸因為疼痛及受到驚嚇，使得雙手一下子放開了盤子，掉下的盤子撞到石頭並彈起來，湯料全灑在地上。

「命中！」

開心這麼說的，是坐在首領妻子旁邊的兒子。

正當大家都坐著喝湯的時候，唯獨他半蹲著。在丟完石頭後，他還用右手指尖「啪嚓」地彈響手指。

「怎麼樣，各位？我的技術不錯吧？」

奴隸痛得蹲下來，連同首領在內的伙伴們則滿臉訝異地看著眼前的景象。但是首領的兒子卻開心地說：

「你們覺得我為什麼要那麼做是嗎？因為我看到了！那個骯髒的奴隸沒有用湯匙，準備像豬那樣吃東西！這可是違反禮儀喲！」

接下來又對著隔壁的大人說：

「所以我才拿石頭K那個奴隸！根本就沒必要讓那種野蠻人吃東西呢！父親大人、母親大人，我這麼做有錯嗎？」

「沒有，你說得一點也沒錯。」

「孩子，你很了不起哦！」

首領跟妻子立刻那麼說。

「不愧是少爺！」

「不懂禮數的傢伙當然沒飯可吃，活該！」

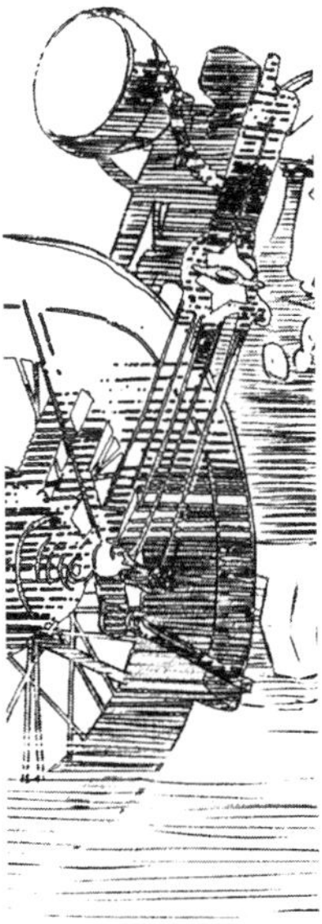

「在雲端前面」
—Eye-opener—

周遭也紛紛發出各式各樣的聲音。

看守中的那些男人聽到奴隸慘叫而往那邊看。

「唔唔……」

但隨即又把視線移到外圍，並且開始吃自己的飯菜。

正當奴隸搗著疼痛的頭把臉抬起來的時候。

「啊啊……」

眼前看到的景象只有完全灑在地上的濃湯，跟站起來表情得意洋洋的首領兒子，以及持續用餐的大家。

首領的兒子察覺到奴隸的眼神。

「那～麼，我也開始吃晚餐吧！」

他刻意講得讓奴隸聽到，坐下來並端起盤子跟湯匙——

「不行啊——！少爺！請不要吃！千萬不要吃啊！」

但是被奴隸有如悲鳴的慘叫嚇到，於是停止手上的動作。

「……這、這是在幹嘛？來人哪，讓那個奴隸閉嘴！」

首領的兒子一那麼說，某個坐在附近的男子放下正在享用的濃湯，迅速用空著的右手朝奴隸丟石頭。

這次的石頭有孩童的拳頭那麼大，那顆石頭毫髮不差地命中。

「請不要吃！那些草！有——」

正當奴隸要說出「有毒」的時候，額頭卻被速度相當快的石頭直接命中，不但當場破皮而且還噴血。

「哇——」

奴隸發出簡短的慘叫，當場「咚」地倒下之後就動也不動了。從劃破皮的額頭上微微流出血來，一路流到臉上。

丟石頭的男子隨即衝過來，把奴隸的臉扶起來，使其咬住自己手上的領巾之後，再把兩端繞到奴隸腦後緊緊綁起來。

「這個野蠻人！只會打擾大家吃飯！給我安靜點！」

接著再拿另一條領巾，把奴隸的雙手反綁在背後。

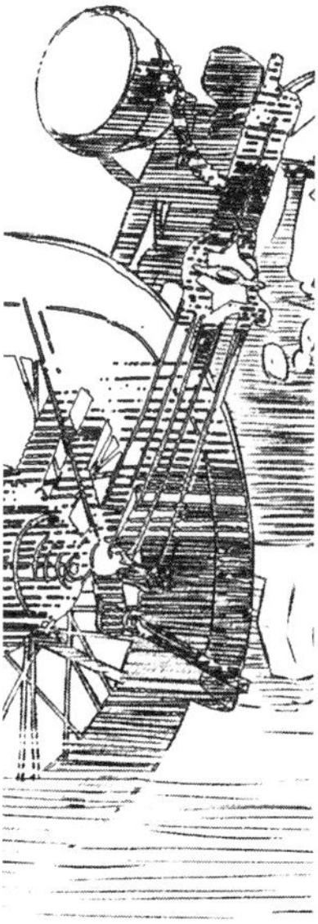

「在雲端前面」
—Eye-opener—

正當綁好奴隸的男子又回去享用之前被打斷的晚餐時，因為腦部受到衝擊而昏倒的奴隸此時醒了過來。

「唔唔——！唔唔唔、唔唔！」

奴隸把臉抬高，雖然額頭還流著血，但還是拚命大叫，只不過那一點意義也沒有。

「那個野蠻人在搞什麼啊？把人搞得很抓狂耶！」

首領的兒子一面那麼說，一面態度優雅地開始喝湯。第二口，然後第三口。綠色的草從濃湯進入他的口中。

「唔唔啊唔——！唔唔——！」

灑著淚水的奴隸大叫的聲音，其實連負責看守的人都聽見了，只是都沒人理會。

「唔啊唔唔——唔——唔——！」

那聽起來應該是人類的語言，但完全不懂那奴隸在講什麼。

「唔唔……」

不久可能是力氣用盡了吧，再也沒聽到奴隸的聲音。

大家都繼續享用晚餐，沒有人把奴隸放在眼裡，這時候首領的兒子對父親說：

「父親大人，我有話想跟你說。」

正在吃晚餐的首領，停下來回以兒子溫柔的眼神。

「是有關於那個奴隸，接下來到底要怎麼處置呢？我不認為接下來我們應該繼續帶著一起旅行耶。」

那個問題讓首領兒子以外的人也深感興趣，大家把臉轉向首領那邊。

首領「嗯」地略微思考之後——

「買了那個奴隸固然是不錯，但那個狀況又讓人很傷腦筋。乾脆在下一個國家把那奴隸給賣了吧，雖然我不覺得能夠賣出什麼高價。」

「不然父親大人！」

首領的兒子開心地拉高聲調說道：

「能不能把那個奴隸便宜賣給我呢？我用自己存的錢付錢給你！」

「嗯～你想做什麼？帶著奴隸同行只會浪費伙食費哦，兒子。」

首領如此問道，兒子眼神堅定地看著父親並回答說：

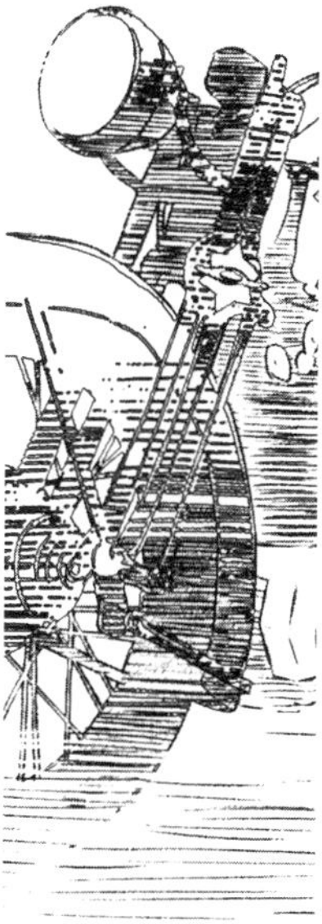

「我沒有要帶著同行，我要殺了那個奴隸。」

那句話連喊累了的奴隸都清楚聽見。

「喔～你說要殺了那個奴隸？」

首領有些開心地回問。

「是的！我覺得自己不能老是讓大家保護，我要當一個能夠戰鬥又了不起的男人，保護父親大人、母親大人以及大家。而且，我不能當一個在必須殺人的時候卻猶豫不決的膽小鬼。所以得到那奴隸之後，我會狠狠折磨那傢伙，之後再開槍射擊其手腳，然後再剖開其肚子殺死那個奴隸！因此，請把那個奴隸賣給我！」

「好吧。」

首領看了語氣堅定的兒子好一陣子，然後才對緊張到嚥口水的兒子講這麼一句：

「真、真的嗎？」

「是真的，『君子一言既出，駟馬難追』。本來以為你年紀還很小，想不到已經到了讓你當一個獨立男人的時候呢。好吧，既然你那麼說，看來買下那個奴隸還算值得呢！」

聽到首領這麼說，在一旁的妻子則開心地綻開笑容。

「父親大人！非常謝謝你！」

首領的兒子滿臉笑容地說道。
「加油哦，少爺！」
「你要早點變強，我們會拭目以待的！」
男人們紛紛發出起鬨的聲音。
把在那兒的所有人惹得哈哈大笑。

那個時候——
一直安靜不再喊叫的奴隸，發出了聲音。
那的確是聲音沒錯。
是人類克服堵在嘴巴的東西所發出的聲音。
不過——
那卻是——

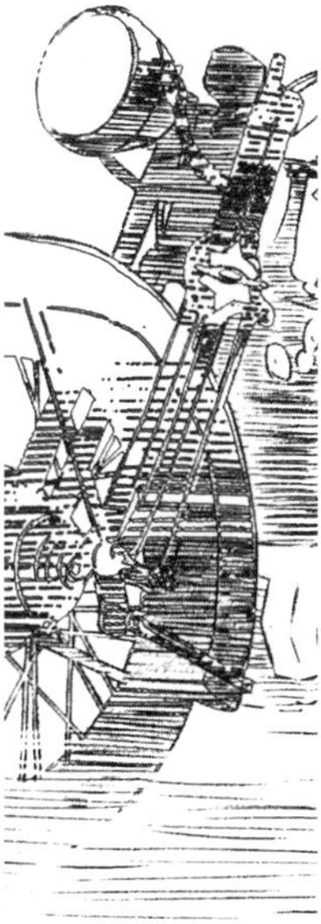

「在雲端前面」
—Eye-opener—

「呀」啊啊

啊啊

啊啊

啊啊

啊啊

啊啊

啊啊

啊啊啊！」

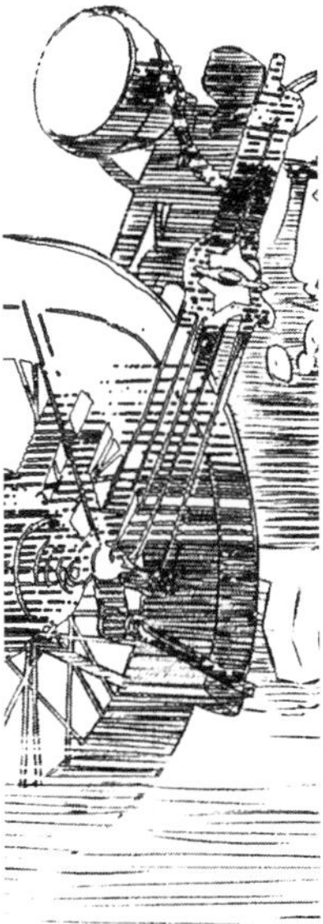

「在雲端前面」
—Eye-opener—

有如野狼長嚎的聲音。

奴隸以跪坐抬頭的姿勢，從瞪得大大的眼睛一面流著夾雜淚水與血液的體液一面大叫，而且不斷地叫著。

那聲音響徹這一帶，令在場除了奴隸以外的人們明顯不愉快。

「那、那傢伙在幹嘛！亂噁心一把的！快讓那傢伙閉嘴啦！」

年輕男子聽從某人的命令，迅速衝到奴隸那兒。

「啊啊啊啊啊啊啊啊啊啊啊啊啊啊啊啊啊啊啊啊啊啊啊啊啊啊啊啊啊啊啊啊啊啊啊啊啊——」

然後瞄準持續吠叫的奴隸腹部猛踢一腳。

「——嘎啊！」

這一腳讓奴隸痛得快暈過去，也完全靜了下來。

世界突然變得靜悄悄的。

被眼前不愉快的景象嚇得說不出話的人們，開始議論紛紛地說：

「那、那傢伙是怎麼了……？」

「好噁哦……那傢伙真的是人類嗎……？」

「是野獸喲，那傢伙是野獸！」

「快把那傢伙殺了！」

「好了各位，別太在意那傢伙。雖然那個生物遲鈍到老是狀況外，但知道自己即將被殺，就開始發飆了吧。反正那傢伙當奴隸根本就派不上用場，就沒必要理會其下場如何。」

首領說的話讓現場氣氛緩和下來，然後他又繼續說：

「正如大家所聽到的，我明天就把那玩意兒讓給我兒子，大家應該沒有異議吧？」

因為不可能有異議，所以沒有人說任何一句話。

唯獨首領的兒子開心地說：

「謝謝你！我敬愛的父親大人！」

當大家用完餐——

鍋子幾乎已經見底，只剩下大約一個人吃的分量。

「沒有人要再添一盤嗎？」

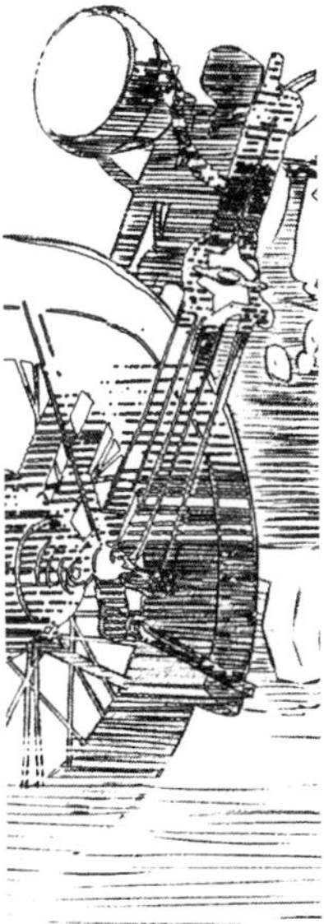

中年婦女問過所有人，但是沒半個人回應——

「既然這樣，就讓它回歸自然喲！」

婦女話一說完，就把鍋子倒過來把剩餘的濃湯往地面潑灑。

天色相當暗，已經到了傍晚時分。

看守們也跟著換班，洗好碗盤之後，婦女們開始泡睡前喝的茶。

綑綁奴隸的男子，後來從昏迷不醒的奴隸嘴巴跟手腕取回自己的領巾。

「啊——啊……」

看到被血跡跟口水弄髒的領巾，他不禁皺起眉頭。

「這傢伙要怎麼處置？」

男子問道。

「那傢伙已經是少爺的，應該直接問少爺才對吧？」

一名婦女如此說道，然後詢問碰巧從附近經過的首領兒子。

「要怎麼處置那個奴隸？在殺死那傢伙以前需要給些什麼嗎？」

「不用。接下來除了飲水，什麼都不用的。聽說在殺那個奴隸的時候，要是肚子裡還有殘留的食物，屆時會很臭的。」

首領的兒子笑嘻嘻地回答。

奴隸過了好一陣子之後才醒來。

「…………」

睜開眼睛的奴隸第一眼看到的，是一片彩霞滿天的夕陽景色。

奴隸首先聽到的……正確說的話，是在醒來以前就一直傳進耳朵的——

「咕嘎啊啊！」

「呀啊！救命哪！救命哪！」

「嘎啊啊啊！」

「好痛哦——！好痛哦——！」

「咳……咳咳！」

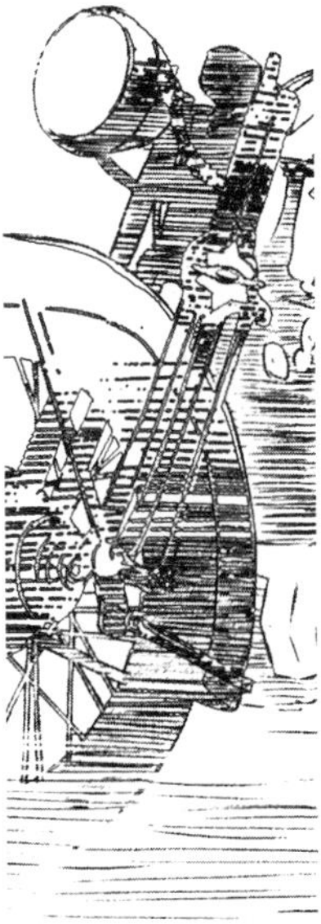

「好痛！我肚子好痛哦！」

「咳咳！唔嘎啊！」

「呀啊啊啊啊啊啊！」

現場奏起了大約三十個人組合而成的哀號交響樂。

奴隸慢慢抬起頭來。

「啊啊……」

呈現在眼前的，是宛如人間煉獄般的景象。

在橘紅色夕陽的照耀下，人們一面口吐白沫，一面像跳舞似地痛苦掙扎。他們吐的雖然是白沫，但因為夕陽的關係看起來像橘紅色的。

現在地面已經沒有任何能有所行動的人了。

有臉埋在小河裡，永遠都不會抬起頭來的人。

有捧著肚子在地上滾動，撞到岩石都不怕劃傷皮膚的人。

有仰躺在地，只有舉起的手腳前端不斷痙攣的人。

有症狀還算輕微，拚命把胃裡的東西挖吐出來的人。

有儘管自己的身體漸漸無法動彈，仍拚命看護動也不動的首領的人。

有抱著臉上滿是嘔吐白沫的孩子，但自己也不斷口吐白沫的人。
有不斷喃喃自語「我是在作夢」而拚命拍打自己臉頰的人。
有捧著藥箱，貪婪地把裡面的藥品一一塞進嘴巴的人。
「…………」
奴隸只是在旁邊，目瞪口呆地看著眼前的景象——
不過那些景象也沒有持續多久。
還能夠動的人們不久都倒下，最後是痙攣，那個現象後來越來越和緩——
然後他們就動也不動了。
當夕陽接近山脊的時候，就再也聽不到任何聲音。
「…………」
奴隸慢慢站起來。
額頭的出血也止了。

奴隸的臉上沾滿血液乾掉的痕跡。臉上淨是紅棕色血漬的奴隸，面無表情拖著鎖鏈「鏘啷鏘啷」地走向倒在地上的人們。

「…………」

奴隸看到跟首領他妻子倒在一塊的那個兒子，滿滿的白沫看不見他的臉。

而首領的屍體也在距離不遠處。

那些原本負責看守的男人，有的屍體直接倒在崗位上，有的可能是準備回來這邊而倒在半路。

正當奴隸再次移動，鎖鏈在寂靜的傍晚發出聲響的時候。

「嗚嗚……」

有人發出微弱的呻吟聲。

「唔！」

奴隸連忙環顧四周。

「在哪裡？你在哪裡？」

「嗚嗚……」

奴隸走近那個聲音的主人，走近某個仰躺在地的男人，然後蹲在他前面。

那裡的確有個還活著的男人。他緊閉雙眼仰躺在地，從嘴角冒出來的並不是白沫，而是長長的唾液，胸部還緩緩地上下起伏。

那是在燒木炭的時候跟奴隸講過話的那名年長的男子。

「請、請你振作一點……」

奴隸邊喊邊搖他的肩膀，男子終於睜開眼睛。

「請你、務必要振作一點哪……」

然後，奴隸扶著他坐起來。他一度吐出嘴裡的嘔吐物，接著認出在自己右手邊的是奴隸。

「………」

接下來他慢慢轉頭，看到倒了一地的伙伴們的屍體。

男子又把眼神移回奴隸這邊。

「發……發生了……發生了、什麼事……？」

他語氣微弱地問道。

「那、那些草——這附近的那些草，都含有劇毒——但是等我發現到，等我想起來的時候已經太

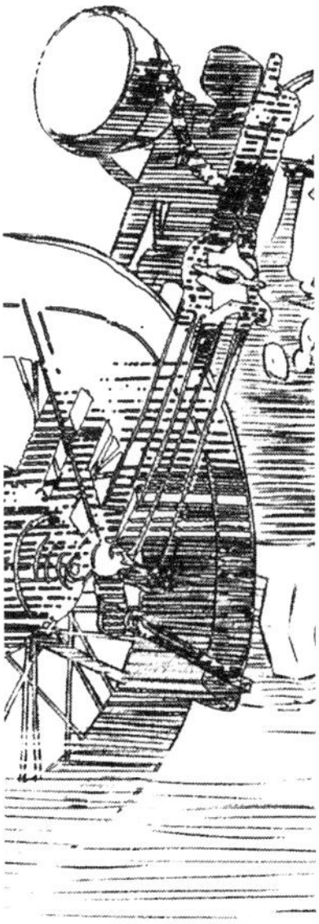

「在雲端前面」
—Eye-opener—

遲了……」

聽到奴隸的回答，他立刻明白是怎麼一回事。

「是嗎……我……因為不太喜歡吃蔬菜……所以，並沒有吃很多呢……」

然後尋找倖存者的男子發出微弱的聲音問：

「還、還有人……活著、嗎……？」

但是沒有人回答。

「只有你而已……只有你一個人活著……」

「可是……我也……應、應該，活不久了吧……？」

「…………」

面對奴隸的沉默不語，男子坐著喃喃說道：

「看來，應該是那樣呢……然後，當奴隸的人、一口都……沒吃呢……不對——」

男子這時候發現到一件事。

「不對……！當時……不是正準備、大口喝嗎……」

「是的！我是在大家正準備吃的時候，才發現那些草有毒，但是卻說不出口。我無法說出口！我是個很過分的人！當時，有個念頭閃過我腦海！我曾有『大家死掉算了』的念頭！結果害大家沒能得救！都是我害大家死掉！我因為不想以殺人兇手的身分活下去，於是打算跟大家一起死！」

看著奴隸嘶喊，跟流下的眼淚把臉上的血跡沖掉的模樣——

「…………原來如此。」

男子露出淺淺的微笑說道。

「現在活著的人只有你而已。所以，拜託……我有事情想拜託你……」

「什麼、事……？」

「請你、殺了我。」

「什麼……？」

「求求你……殺了我吧！」

「啊啊……說的也是、呢，我知道了……」

男子環顧倒臥一片的四周，然後在身體的左邊看到之前背著的步槍。

他伸手慢慢把皮背帶拉過來，設法把它舉到身體上面之後，接著拉開保險。

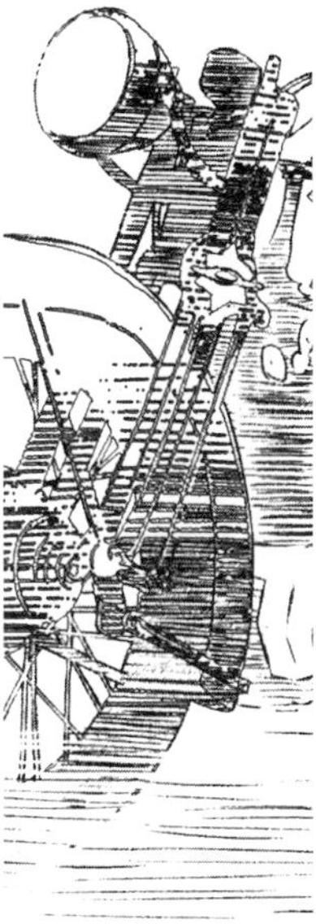

「不行……我已經……沒有力氣。拿著、這個……」

男子對奴隸說道。

奴隸跪在地上，雙手戰戰兢兢地把沉重的步槍捧起來。

「該、該怎麼做……？我該怎麼做呢……？」

「等一下……我會教……在那之、前……」

男子把手伸進口袋，然後拿出一把小鑰匙。

「稍微、彎腰……很好，就是這樣。不要動、哦……」

男子把拿著鑰匙的右手，伸向捧著步槍的奴隸脖子，並且把上面的鎖打開了。

鑰匙隨即掉在奴隸的身體前面，項圈跟鎖鏈則順著奴隸的背往下滑落。寂靜的世界裡，發出「嘎嚓」的聲響。

「怎麼樣……如此一來，就變得、很容易射擊了……首先……用左手、撐住正中央這邊……」

「像、這樣嗎……？」

「沒錯……再用右手，握住最細的地方……很好……然後……把食指、放進……扳機裡，就是那裡。用力、貼在那上面……手指千萬別離開喲——咳咳！」

男子在說完話的時候，吐了一大堆白沫。

「咿！」

「冷靜點……我還沒、死呢……再把槍、慢慢、舉起來……」

「像、像這樣嗎……？」

奴隸用纖細的手把步槍舉起來，正當前端指著正上方的那一瞬間——

「對……沒錯……然後，做得很好！」

男子一面大喊，一面使盡剩餘的力氣讓自己坐起來。

「哇！」

奴隸在男子用雙手抓住步槍前端的同時大聲驚叫。

然後男子一口氣改變槍管的方向，把它往下拉並瞄準自己的腹部。

當步槍被用力拉扯，奴隸貼在扳機的手指正好扣下去——

砰！

劇烈的槍聲在兩人之間發出，往世界擴散，到了群山化成迴聲之後便消失不見。

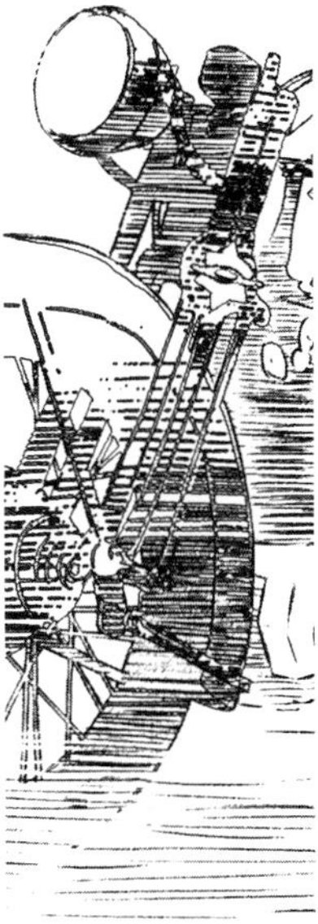

子彈貫穿男子腹部，破壞內臟之後便從背部飛出並嵌在地面。

至於步槍則因為發射的後座力，從奴隸的手上彈開。

「呀啊！」

奴隸發出尖銳的慘叫。

「喔咯！」

從男子嘴巴冒出來的不再是白沫，而是鮮紅色的血。

他的身體慢慢往右邊倒下，頭部還撞到石頭發出低沉的聲音。

「…………為、為什麼……？」

跪在地上淚流滿面，且瞪大眼睛看著眼前這個景象的奴隸問道。

「……說得一點也沒錯……總有一天，會明白、的……」

男子如此回答。

然後閉上眼睛，面帶著微笑靜靜死去。

太陽快要下沉在遠方的山後。

夕陽照射的禿山地表上，大約有三十具屍體跟一個前奴隸，以及三輛卡車。

「…………」

這次真的變成孤單一人的前奴隸，臉上滿是血跡跟淚水，然後靜靜佇立在血液不斷被大地吸收的男子屍體旁邊。

「哎呀～真是厲害！大家都死翹翹了耶！果然是相當高竿的謀略家呢！」

奴隸聽到有聲音傳來。

那是像唱詩班一樣純潔又清澈的聲音，但說話的方式卻像個惡劣的年輕人。

「…………」

前奴隸不發一語地站著，聽到那聲音停頓三秒之後。

「咦？」

終於恢復理智。

「是、是誰！」

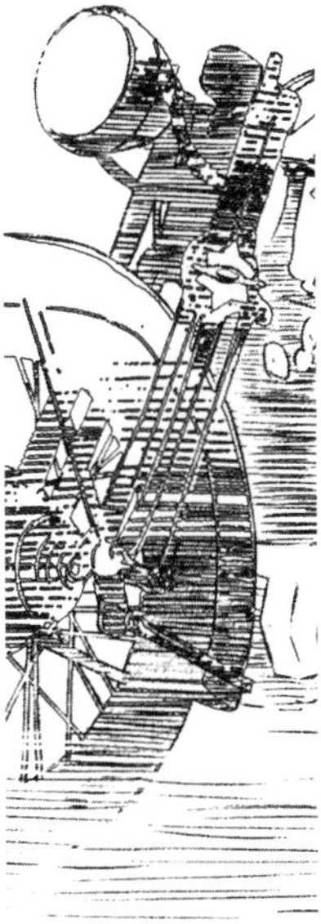

「終於發現到了啊，反應有夠慢耶！在這邊喲！能不能快點過來呢？」

那個聲音是從並排的卡車那邊傳來的。

「有人平安無事嗎？還活著嗎？」

前奴隸往停在路旁的三輛卡車跑去，途中好幾次差點跌倒但終於靠近那裡。

「在哪裡？有人嗎？」

「在這裡哦！快過來！」

聽到聲音之後，前奴隸往最旁邊的卡車接近。

卡車的載貨台罩著車篷，車篷側邊是用塑膠布做的車窗，只要把塑膠布往後翻開，就能鑽進車篷裡面。

那聲音對著走到載貨台前面的奴隸說：

「快點進來喲！我很討厭垃圾喲！」

「可、可是……我被嚴格命令『不准進入堆放商品的卡車裡』耶——」

「笨蛋！下命令的那些傢伙不是全掛了嗎？」

「啊……」

前奴隸這時候想到其中一個可能性。

「你也是奴隸嗎？我說得沒錯吧？你被關在那裡面嗎？」

然後提出疑問。

「才不是咧！別問那麼多，快點進來就是了！」

「…………」

太陽已經下山了。

於是前奴隸下定決心爬上載貨台，翻開車篷鑽進去。

朝著西方的塑膠布車窗，有微弱的光線照進卡車載貨台。

當前奴隸的眼睛好不容易習慣昏暗的光線時，終於辨認出裡面的景象。

載貨台上擺了用鐵管製成但不算寬的鐵架。裡面是商人們收購的各式各樣雜物，不過都很整齊地擺放著。甚至還用繩索綁起來固定，以防因為振動而掉落。

前奴隸一面閃躲鐵架一面慢慢往前進，最後來到靠近車窗的載貨台正中央。

「你在哪裡啊？」

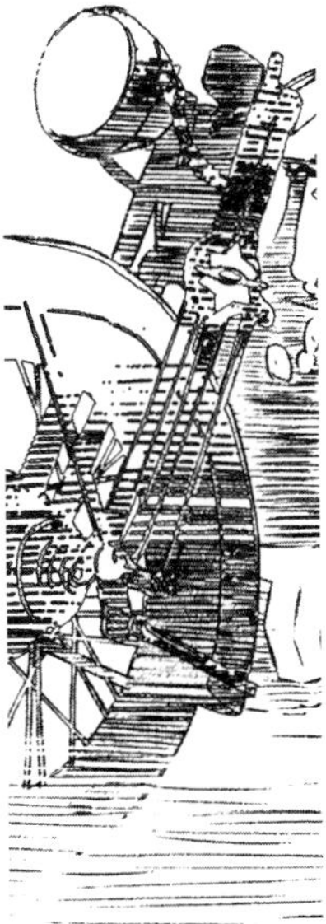

「這裡哦！」

回應立即從自己腳下傳來。

「哇！」

前奴隸當然是嚇得跳起來，背部還撞到後面的鐵架。鐵架因此搖動，還發出劇烈的聲響。

「不要那麼害怕喲！我們不是從開始就一直在交談嗎？真是的！」

「…………」

前奴隸戰戰兢兢地往下看。

結果呈現在眼前的，只有位於載貨台角落的某個窄小鐵架。擺在鐵架上的，除了好幾個小木箱，還有——

「沒錯，在這邊喲！這邊！」

一輛從剛才就用粗魯的言詞說話的摩托車。

是一輛小型的摩托車。

前後輪胎只有盤子那麼大，上面的車體也只有兒童用的長板凳那麼大。

而且，完全沒看到原本應該有的摩托車龍頭，突出的零件幾乎都沒看見，車體的上半部簡直像箱子似的。

那輛小摩托車，勉勉強強被硬塞進鐵架最下面的空間，然後用繩索固定著。

「咦……？咦……？咦……？」

面對腦子一片混亂而嚇得嘴巴不斷張合的前奴隸，摩托車毫不留情地說：

「這位是池子裡的鯉魚嗎？是人沒錯吧？難不成是第一次看到摩托車？要是敢問『你怎麼會說話』的話，我會毫不留情揍人哦！要是問『嘴巴在哪裡』，我可是會踢人的！」

「………呃——那我該怎麼問……？」

前奴隸如此問道，摩托車開心地回答：

「啊！這問題問得好！雖然外表看起來笨笨呆呆的，但實際上相當聰明呢！我說得沒錯吧？其實非得那樣才對！否則就不好玩了！」

「……都沒有人在了耶……？」

「是沒有哦！那些傢伙全死了喲！死翹翹哦！我剛才一直在聽！聽妳跟男子的對話、被鞭打的情

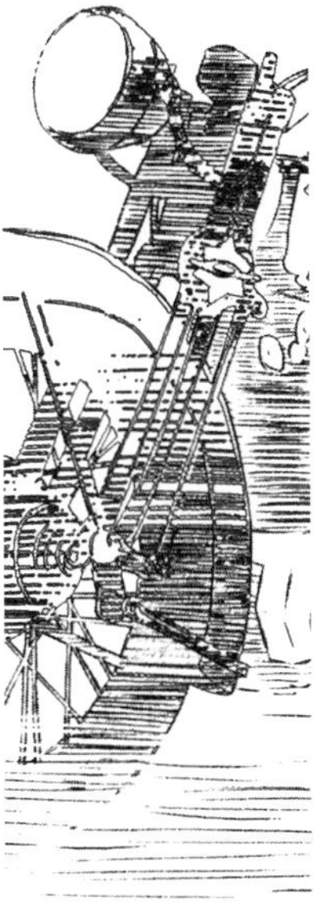

景、那個腦筋秀逗的臭小鬼講的台詞、所有人的慘叫聲、妳跟男子的對話，還有過沒多久的說服者槍擊聲呢！」

「…………」

「大家都死了，全都死光光了！一個活口都不剩了！除了妳以外啦！」

「…………」

「喂喂喂！表情幹嘛那麼悲傷啊？都已經重獲自由了，接下來不管想做什麼都沒關係喲！小姑娘。」

太陽西下的世界，急速失去原有的顏色。

卡車裡變得越來越暗，已經看不出身為前奴隸的少女表情是怎麼樣。

只聽到她的聲音。

「我……我……是殺人兇手……」

「笨蛋！最後是那個男的自殺，連那個毒草也只能怪那些傢伙笨到沒察覺到啊！」

「可是！如果我告訴大家的話——」

「妳想阻止那些傢伙用餐？怎麼可能啊——！那些傢伙光吃那玩意兒就高興成那個樣子！他們只

會大罵『別說謊，臭奴隸』，然後用鞭子毒打妳一頓喲！我說得有錯嗎？像剛才，妳想救那個臭小鬼，結果飛來的是什麼？是感激的言詞嗎？妳額頭上的傷是道謝的吻痕嗎？」

「…………」

「反正哪，只能怪那些傢伙運氣不好喲！不管有沒有妳，他們都注定會死在這裡的。然後，妳運氣就不錯了。了不起！從此以後妳自由了！」

「…………」

「妳自由了喲！聽到了沒？」

「…………」

「有聽到我說話嗎——？」

「那個……請你告訴我。」

「好啊，什麼事？」

「我要怎麼做才會死呢？」

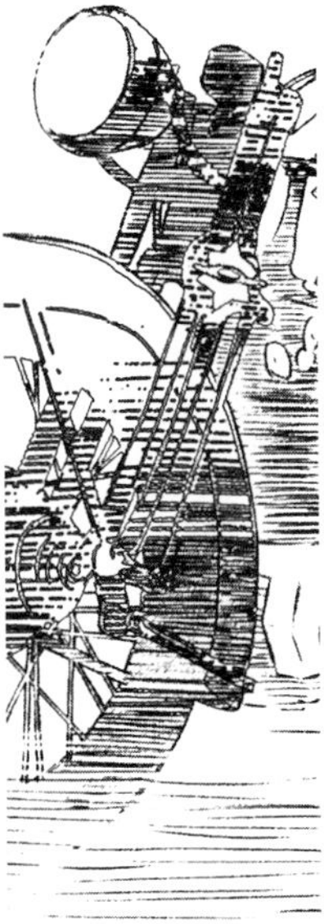

「這很簡單！只要活著就行了！生物只要活著，總有一天會死的。」

「是嗎……我必須、活下去啊……直到我明白為止……」

「沒錯，只要活下去，總有一天會走完人生的。當妳走完人生旅途，就是死亡哦。」

「是嗎……這樣的話，我只能那麼做……只能那麼做啊……」

「妳非得那麼做不可喲！我也是很辛苦耶，一直被他們放在這裡呢！要是繼續被塞在這裡，會變得不好騎喲！不過，這裡是道路，遲早會有人經過的，也可能不會有人來啦～所以有件事情想請妳幫忙。」

「咦？什麼啊？」

「我要告別這種地方啦！我教妳如何駕駛卡車，這沒什麼啦！這是自動排檔的車子，只要習慣就很容易駕駛呢！在那之前，別忘了從隔壁的卡車把所有值錢的東西搬過來喲！說服者跟子彈都能夠賣錢，至於首飾什麼的，全都從屍體身上拿下來！還有妳那身衣服，到那邊的商品找找看有沒有適合的換上。反正現在已經沒有人會唸妳了！」

「………然後呢？」

少女如此問道，摩托車在載貨台發出愉悅的聲音說：

「然後？那還用說嗎？當然是一起到什麼地方啊！反正妳也無法回自己國家喲！糟糕，我差點忘了說！別看我這個樣子，我也有個不錯的名字呢！以後就請喊那個名字哦！在那之前，妳叫什麼名字？畢竟先自我介紹是一種禮儀呢，我先讓妳說。」

　聽到摩托車問自己的名字，在看不見的黑暗裡，少女斬釘截鐵地回答：

「我沒有名字。」

「——什麼～？」

「沒有，我並沒有名字。」

　摩托車沉默了四秒鐘。

　然後——

「既然這樣……真是拿妳沒辦法耶！我幫妳取個名字好了……嗯——話雖如此，臨時要取名字還真困難呢。等過陣子我想到之後再告訴妳，妳覺得呢？」

「知道了。」

「不過也對啦！總是得替剛剛重生的人取個名字呢！」

這是隔天下午發生的事情。

一輛摩托車來到停放了兩輛卡車，跟散布三十具屍體的山岳地帶。

那是後輪兩旁跟上面都堆滿旅行用品的摩托車。

穿著棕色大衣的騎士在過彎之後看到卡車跟屍體，於是立刻把摩托車停了下來。

騎士從箱子取出狙擊用的瞄準鏡，從距離摩托車不遠處的岩石後面觀察情況。

她透過瞄準鏡仔細眺望。

「怎麼樣？」

摩托車問道。

「沒有任何在動的人。」

騎士老實回答他。

尾聲
「在幸福之中・a」
—Birth・a—

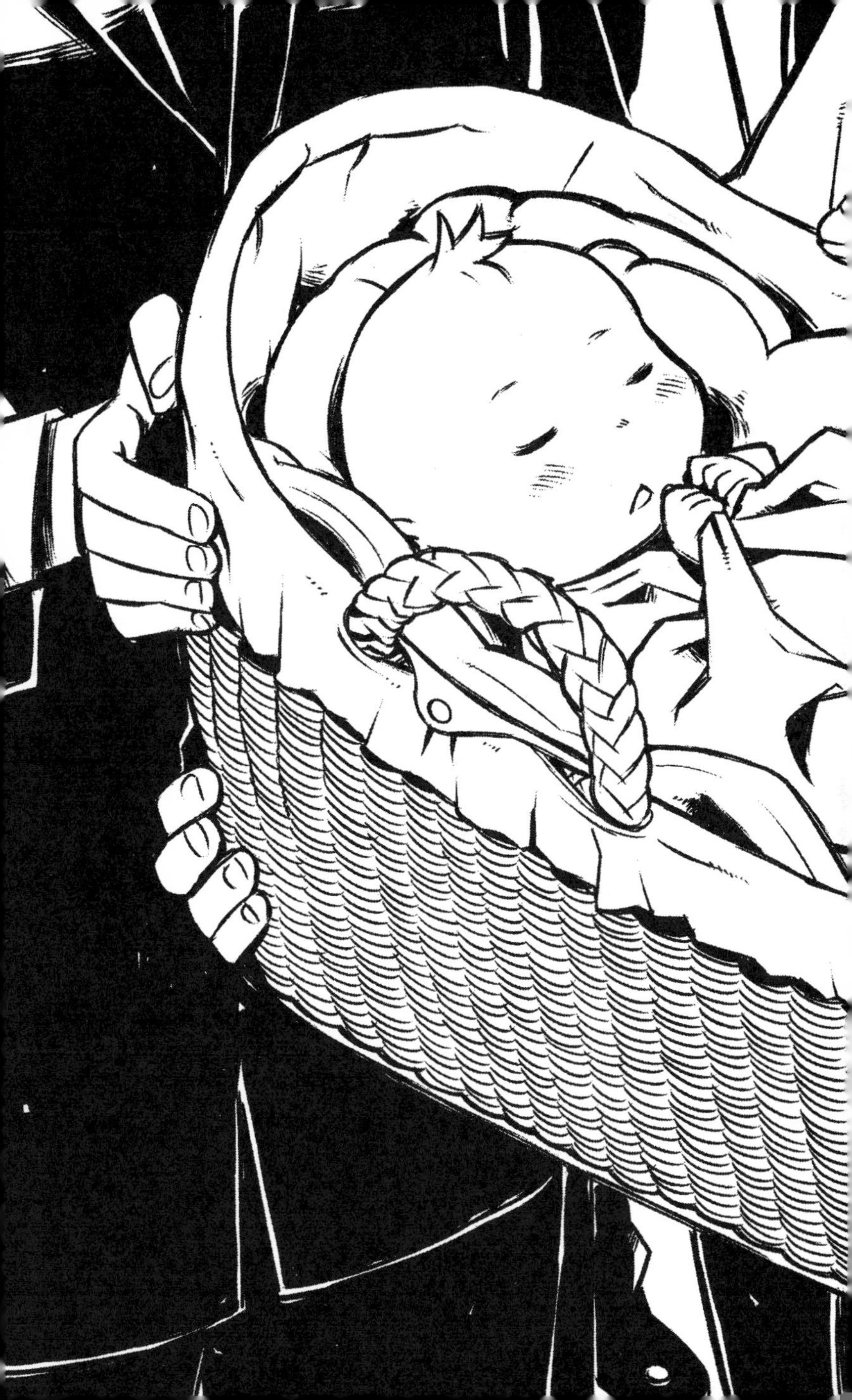

尾聲「在幸福之中・a」

—Birth・a—

奇諾跟漢密斯造訪的，是科技非常進步的國家。

國內林立著高聳的建築物，道路架在半空中，自動駕駛的電動汽車靜靜地四處繞行。

「……『孩子想像的未來都市』？」

「對，就是那個！」

「好難懂它的意思哦……雖然也算是啦！」

奇諾跟漢密斯一面散布隆隆的排氣音跟引擎廢氣，一面在國內奔馳。不久——

「就是這裡。」

「就是這裡啊。」

他們來到一棟大型的建築物前面。

那是像巨型倉庫也像巨蛋棒球場，連一扇窗戶都沒有的白色建築物。那兒戒備很森嚴，到處裝設了監視錄影器跟附有說服者的自動迎擊裝置。

「奇諾跟漢密斯，歡迎你們來到『中央』！我馬上過去，請稍待一會兒。」

接著門打開了，出現一名男子招呼他們，奇諾跟漢密斯也向對方寒暄了一番，然後就被請進去了。

奇諾推著漢密斯走在上下左右都是白色的建築物內部寬闊的走廊上。

「請問妳已經聽到哪個部分的說明呢？」

那名男子問道。

「就是希望我務必參觀，『中央』這個支援國家人民長壽的傑出設施。」

奇諾答道。

「喔～原來如此。我是覺得，讓你們看過的話解釋起來會比較容易，那我們走吧。」

男子話一說完，就站在註明「一般人禁止進入」的門前，然後按了好幾次旁邊的數字鈕。

而自動打開的門後是一條空中走廊，上下左右由強化玻璃構成，在相當高的位置橫貫建築物內部的空間。

接著奇諾跟漢密斯便跟在男子後面往前走。

整個空間籠罩著昏暗的橘色燈光，地板上橫擺著許多玻璃瓶，緊密到沒有任何縫隙。

因為是從高處往下看的關係，所以看起來很小，其實每個玻璃瓶足以容納一個人在裡面。

「啊……」

而且實際上那裡面都裝了一個人類。

裸體的男女老幼在玻璃瓶裡漂浮著，還連接了各種管線跟電極。有時候，裡面的人類還會動一動手腳呢。

「怎麼樣？很壯觀吧？」

男子問道，漢密斯開心地表示贊同，然後奇諾問道：

「我很清楚這棟建築物裡面有些什麼了。接下來那是什麼？不，他們是什麼人？」

「是的，他們是我們的備用品。」

「備用品是嗎？」

「是的，就拿奇諾妳腰際的那把左輪手槍比喻好了——」

男子指著奇諾右腰的槍套。

「一旦容納子彈及火藥的『輪盤』這個零件，因為操過頭而出現龜裂，妳會怎麼處理呢？」

「把它換掉！」

馬上回答的不是奇諾，而是漢密斯，不過奇諾也同意他的說法。

「沒錯。畢竟會怕它在射擊的時候膛炸，但是在沒有可維修的零件情況下，我會準備好幾個備用品可以馬上換掉。」

男子一副很滿意她的說法而點頭表示贊同。

「妳說得沒錯——然後這裡，就等於是為了國民而準備的備用品保管庫。人類也是會因為意外或疾病、年齡增加等等理由而導致部分身體機能變糟。那個時候就從這裡取出需要的部分進行移植。」

「這樣說的話……在這裡的，是『為了那個目的而從某處被帶來這裡的人們』囉？」

男子這次則是搖頭否定。

「不，並不是那樣。那就變成非法綁架了哦。」

「不然的話呢？」

「他們是『為了那個目的而誕生的人們』。」

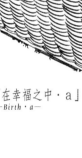

「在我國有『兩個孩子恰恰好』的不成文規定。如果超過兩名小孩，以久遠的眼光來看，會導致人口不斷增加。不過，並不是禁止生三名以上的小孩，還是有人這麼做喲！」

男子繼續說明。

「就算沒有打算養育那麼多的孩子，但大多數的夫妻也是會生下第三個跟第四個孩子——我想理由，你們應該很明白吧？」

「…………為了讓他們，以備用品的身分待在這裡……」

「沒錯！這國家的人們一定有那樣的『手足』。血親之間進行移植手術後不容易出現排斥的現象，就算有也很容易壓制住。就像相同型號的說服者，供應零件給相同型號的說服者那樣。」

「原來如此……」

「生下來的『手足』，原則上一出生就立刻被帶來這裡，之後就一直在那個玻璃瓶裡一起成長。不過，他們並不會產生思想。只會確實供給他們成長用的營養，肌肉都是靠電流的刺激發育的，這樣他們就能隨時以備用品的身分發揮用處。譬如說，妳們看那邊的第九百八十七號。」

奇諾往標示那個編號的玻璃瓶看，漂浮在裡面的中年男士並沒有大腿以下的兩腳。

「他的雙腳在以前移植給因事故失去雙腳的哥哥，而負責安排的就是我。至於他哥哥已經完全可以走路了——接下來，請看第三百二十三號。」

那個編號的玻璃瓶裡並沒有人，只有管線在液體裡面搖動。

「因為今天早上那個人的姊姊已經壽終正寢，當然也就結束他身為『手足』的任務，我們就安排他踏上生命最後的旅程。」

「如果遇到這種狀況，你們會怎麼做呢？任務一旦結束的話就隨意丟棄了嗎？」

漢密斯問道，男子回答：

「不，我們絕不會那麼做——我們會送『手足』一起火葬，並且把他們埋葬在一塊。」

結束導覽後——

「奇諾、漢密斯，不介意的話，請兩位在其他國家盡量宣傳我們國家這套優秀的系統。我國很樂意隨時提供技術面的援助！若這套系統能帶給全世界的人們幸福，再也沒有比這個更令人開心的事情了！」

男子最後這麼說道。

奇諾跟漢密斯向他道謝後便離開「中央」，開始馳騁在筆直往前延伸又工整的大馬路。

然後，不一會兒——

後記
—Preface—

大家好，我是原作者時雨沢。

發現這次的後記很普通而覺得掃興的讀者！沒錯，就是你！

但是不用擔心，開始當然很普通，不過長度可就不尋常哦。我就在一開始寫出來好了，這篇後記——合計有十四頁。

這是相當於一部短篇小說的長度，佔了這麼多篇幅真的好嗎？放心，應該是沒問題啦。責編下了「Ｇｏ」的手勢，我就當做是ＯＫ囉。誰也無法阻止我了！

雖然是這麼落落長的後記，但依舊沒有例外，不會聊到這集的題材。因此先看這裡再看本篇也完全ＯＫ的。那正是時雨沢一貫的作風。

那麼，《奇諾の旅》終於出到十二集了。

我覺得感觸極深，不過十二集對我來說有特殊的意義呢。

這有點算是我個人任性的想法啦，我一直以來都用三的倍數當做故事的一個階段（一～三集、四～六集、七～九集）。像電影「星際大戰」、「魔戒」、「機動戰士鋼彈」（電影版）那樣，「三部曲為一個整合」。像我其他的作品《艾莉森》跟《莉莉亞&特雷茲》也是基於同樣的理由，只要寫到三集就做一個結束。

所以《奇諾の旅》在動筆寫第三集的時候（順便一提，發售日是二〇〇一年一月），我曾想過就這樣做個完美的結束。這原本是一部投稿作品，能夠出到三集的小說已經夠開心的了。

因此，第三集的最後一話是「已經結束的故事」，我採用了簡直像是最終回的標題。

但是，因為各位讀者的熱烈支持，而且已發行的書，銷售也很好。於是責編就告訴我「可以再寫後續的故事喲」，應該是說「繼續寫下去吧」，倒不如說他是用「給我寫後續發展！」的語氣——聽到他這麼說也激發了我的動力。

「那就加油寫到第六集吧！這算是所謂的『第二季』呢！」（第六集·二〇〇二年八月發售）

「還可以繼續寫？那就乾脆寫到第九集吧！三×三耶，多麼優美啊！」（第九集·二〇〇五年十月發售）（註：上述日期為日文版發售日）

就這樣，時光飛逝——這次的第十二集算是迎向第四個階段呢。

因此，《奇諾の旅》將在這一集完美地劃下句點！

終於是最終集了！

根本就沒那回事！

我打算接下來只要有辦法寫，就會繼續寫下去的。

然後剛剛的「最終集」如果在電腦做切換的話，跑出「再收監」（註：最終集與再收監的日文發音相同）這個名詞可是會讓人嚇一跳喲。「再被送進監獄裡」，那還得了啊！

所以呢，這部作品能延續到什麼程度，我自己也不知道。但既然都寫到這個程度了，我得傾全力好好加油呢。像證券篇我也還沒寫呢。《學園奇諾》反而先出書了……（請參照第四集的「後記」）

接下來我打算寫有關《奇諾の旅》的製作過程。

我在十一集也寫過類似的題材，但老實說那很像是「普通的後記」。

現在，我終於明白了。時雨沢其實渴望的就是「普通的後記」呢，我真是自作自受。

在第十一集的時候，我寫了有關「主書名」、「錯別字、打錯字、專有名詞」、「人物名字、槍械名」、「攜帶物品」、「同人誌」等等題材。

這次將在不重覆的情況下寫其他題材。那就是——完成一本文庫版小說的過程。

關於大家手上的這本電擊文庫小說，它是經過許多程序才完成的。我將針對關於我的部分，還有平常我是以哪些程序工作的部分來聊。

然後要注意的有兩點。

第一，接下來的內容也許會依作家的不同、依責編的不同、依出版社的不同等等，而出現很大的差異。

第二，插畫的部分我就省略不說了。

這些都還請大家多多包涵。

●STEP 1「提出構思」

好了，由於我是靠版稅過活的專業作家，所以非得出書不可。若沒有版稅的收入，我就得喝西北風。因此開始動動腦吧！

從我把想寫的故事構思告訴責編，所有一切就開始了。如果拿公司職員比喻的話，就類似提出企劃書那樣。

當然啦，也是可以把整部文庫版小說寫完，再交給責編判定——但如果被退回的話，光是浪費在上面的時間可就不得了了。

我想除了能夠在極短的時間完成一本書的人，或是喜歡累積自己作品的人，否則一般人應該都不會那麼做吧。光是時雨沢我就絕對不幹這種事！因為我可不想事後再後悔「既然有那個時間，可以寫其他作品的說……」。

有關告訴責編構思的方式，並沒有一定的形式。

總之只要讓他知道就好。可以親自到編輯部，極力主張「就是這個，我就是想寫這類題材喲！」或者寫成文章用MAIL傳送過去也無所謂。我也曾經同時提出兩個以上的構思呢。

而構思本身也沒有一定的形式。

就算只是簡單描述「就是這種氣氛的故事」也行，或反向操作從角色設定到故事走向都先寫出來也行。

順便一提，我是屬於「連結果都決定好才寫的那一派」，所以一向是屬於後者。

當作品要系列化而出一集以上的時候，對作者跟出版社來說都是一件好事。雖然也有「這個故事就一集完結吧！」的狀況，但大多數的構思也會把故事當作已經系列化來鋪陳。

不是新作品的情況，也就是說像《奇諾の旅》或《梅格&賽隆》這樣，既是系列作品也會出續集的狀況，就只要送有關故事內容的構思就可以。
然後呢，當責編說「好，那就這麼寫吧」的時候，就開始正式動筆。
這個時候會擬出——「大概在什麼時候交稿，什麼時候發售」的預定計劃。
要是責編說「隨便你什麼時候交稿」的話，那作家根本就動不了筆。
截稿日，正是推動作家的原動力。

●STEP 2「執筆」

開始動手寫作了。
我想這是最不需要說明的作業吧。
有構思的人就照著構思（有時候會一面修改），或者一面創作瑣碎部分的故事，一面咚咚咚地拚命寫。
首先，其實不可能從頭到尾都寫得很順。這裡可是要跟自己做痛苦的長期戰鬥呢。
加油！（連同我自己在內）全世界的作家！希望小說之神降下祝福！
太好了！終於寫完了！那麼，前往下一個步驟吧！

●STEP 3「責編檢查、討論」

雖說寫完了，但這個階段還在草稿呢。因為是最初的草稿，所以算是「初稿」，這要拿給責編請他先看過。

在責編答覆之前的這段期間，心情可是相當緊張呢。要是責編說「好無聊哦——！不能用！」前途根本就是一片黑。

一旦在這裡不被採用，那這篇「後記」就無法再寫下去，所以責編回答「很有趣喲」是讓作者充滿元氣的魔咒。

不過，當然也不可能有「那麼這樣就完成了！寫作辛苦了！」的狀況。如果真的有，我會打從心底尊敬那位作者，也請他務必告訴我秘訣。

因為責編多多少少都會提出疑點或指出哪裡不好。

從單純抓錯字跟文章怪怪的地方開始，到「這部分的故事走向看不太懂」、「角色不突出」、「希望能加些畫面敘述（或者刪減敘述）」、「近乎軍事迷的槍砲描述太多」等等。

這個部分就是討論。這裡會跟編輯互相交換意見，直言不諱地討論，把應該修改的地方一一列出來。

與責編討論這個部分，有些住比較遠的作家是利用打電話的方式。但我還是覺得面對面討論會比較輕鬆，所以都是親自到編輯部。

若是長篇小說的話，或是要檢討的地方很多的話，有時候討論完一集就要花上好幾個小時呢。譬如說從下午三點開始討論，結束的時候已經是九點等等。

我過去曾有過在討論的時候，直接用紅筆在列印出來的原稿上訂正的情形——但最近我都會把筆電帶去，因此就當場「卡噠卡噠」地輸入。

理由很簡單。因為我常常回到家以後，竟然看不懂自己用紅筆訂正的文字。

如此一來，把檢查過的地方修正完成的原稿，就是「第二稿」。

其實修正的同時也會重新再看過一遍，然後推敲（重新考慮文章用字）、加上新的劇情發展，或者是刪減內容。

這份「第二稿」會再次提出請責編檢查、修改。有時候還會出現「第三稿」呢。

不過，當截稿日逼近的時候，殘酷的現實是不容許那種情況發生的。

因為這個時候，大多已經過了初期設定的截稿日。

●STEP 4「完稿」

「完稿」＝指完成原稿。

「再版（因為書銷路不錯而增加產量）」跟「版稅（作者的收入）」對作家來說，並稱是全世界最美的名詞之一呢，絕對沒錯。

換句話說，就是「入稿原稿（送印刷廠的原稿）」完成了。

每次每次只要完稿，我就鬆了一大口氣。

而且看時鐘跟日曆也不再感到害怕，也不用害怕電話鈴聲。剎那間，作家又找回正常人應有的體貼跟溫馨。

這是題外話，包括這一集在內，我已經體驗過二十七次了，每到此時，我都會獨自去吃好料的替自己慶祝完稿，大多是迴轉壽司。

因為吃迴轉壽司的話，就算一個人坐在吧台吃也不會覺得悲哀啊！

這也是題外話，完稿後我大多會嚴重感冒並昏睡兩天呢。可能是緊張感消除，心情大為放鬆的關係吧？還是迴轉壽司的關係呢（應該不是啦）。

●STEP 5「初校、作者校、校閱」

＊初校校樣

入稿原稿會送到印刷廠。

然後會用跟文庫版一樣的版面設計，列印在A４紙上。這就稱之為「初校校樣」。

＊作者校

初校校樣會影印成「初校校樣副本」送到我這邊。

然後身為作者的我，便開始進行再看過一次並檢查，稱之為「作者校」的作業（順便一提，那份原稿稱之為「作者校校樣」）。

於是我就得重新看過自己寫的原稿——但執筆時原以為沒有問題的文章，於重新看過的時候就會覺得有許多地方怪怪的。

「這誰寫的啊——我嗎？」

我往往歪著頭納悶地用紅筆進行修改。

＊校閱

當我執行作者校的時候，初校校樣的原稿（也就是我的原稿）也會交到「校閱者」的手上。

校閱者，也就是檢查文章的專家。

那雖然是我寫過看過，責編也看過好幾次的文章，但絕對有不少錯誤的地方。應該說有很多，而且是多到像山那麼高。

為了找出那些錯誤，校閱者會把整個文章一個字一個字地仔細檢查。

不只是抓單純的錯別字、漏字、送假名（註：在日文漢字右方標的假名）的錯誤、慣用句的誤用、漢字與符號的不統一（譬如說「尋ねる（註：詢問）」跟「訊ねる（註：訊問）」、「ソファー（註：沙發）」與「ソファ」的混用）等等，還有清查內容的錯誤及疑點（譬如說，原本在場的人數有錯啦，第一人稱有誤啦），然後初校就再送回編輯部。

撇開明顯的錯誤不說，我還得回答校閱者覺得有疑問的地方。

這時候我就會把修正完成的作者校校樣送回編輯部。

然後在校閱後的初校校樣上標示「這裡麻煩照原來那樣」或是「那個指正我覺得ＯＫ」等等。

大多數我都是用鉛筆寫「原樣（原來那樣）」或「ＯＫ（就照校閱者的意思修正）」。

只要那些程序都結束了，我的作業也終於全部結束！別傻了……

●STEP 6「二校、作者校、校閱」

同樣的作業又再來一次呢，算是以防萬一。

所謂的「二校」，主要是檢查初校所做的訂正是否有落實。

對我來說，「二校副本」會跟初校一樣再送過來，因此再進行一次作者校。接著又在文章找到奇怪的地方，那會讓我有一點點的沮喪。

順便一提，這本書在非常最後的階段居然發現到很大的錯誤，可把我嚇出一身冷汗呢。

雖然只是一個文字、數字的錯誤而已。

就算沒有修正，意思也是能通。所以責編跟校閱者就讓它過了……但那卻是會大大改變故事發展的錯誤。一想到如果沒有發現到就這麼出書的話……我的老天爺啊！

（然後那種事情還能夠在這篇「後記」寫出來，這表示——是的，正確答案。這篇後記也是請責編讓我延了相當久的交稿日，在最後最後的階段才寫的。對不起……）

然後，校閱者會跟初校一樣再做二校。

因為已經做過校閱，要指正的地方大多已經變少了，照理說是那樣啦，但有時還會在二校的時候抓到許多錯誤呢。

而我也會再跑一趟編輯部，一一回答那些有疑問的地方。有的照原來那樣，有的就照校閱者的意思修正。

當這些完成之後，我的作業才終於結束。

之後就進入稱得上是試印的「藍圖」行程，但這個步驟幾乎是不需要我檢查了。

以上就是我（作者）採取的製作步驟。

其實把它們寫出來並沒有想像中那麼困難。

雖然不困難，但是——我好像有隱瞞些什麼。其實在我出道之後出了十幾本書的時候，我還搞不清楚什麼是「二校」？什麼是「作者校」？

我只是乖乖照責編的指示作業，責編找我就去編輯部。總算也讓我熬過來了呢。

不久書終於完成了，不過——有一件事情我說什麼都不能忘記。

那就是插畫家黑星紅白老師、ASCII MEDIA WORKS的各位職員、印刷廠的各位、負責運輸的各位、負責販售的各位，以及其他幾十人、幾百人幫助我的力量。

就算創作這部作品的人是我（還有黑星紅白老師），但如果沒有一群替這個商品做準備的人們幫忙，這本書絕不會排在書店的書架上。

因此我要再次向那些人致上深深的謝意。

那麼，囉囉嗦嗦的後記終於要結束了。寫完這個之後，還有下一部作品正等著我去寫呢，是我的第二十八本書。

接下來要寫什麼好呢？

要動用我腦袋裡哪個靈感好呢？

在踏出一步以前，像這樣不斷思考的感覺也很好玩——這就是作家呢。

讓我們下次在前面敘述的程序全走完之後的「後記」再見吧。

我是時雨沢。

二〇〇八年十月十日　時雨沢惠一

■大家好，我是黑星紅白。

第11集的大膽預測說中了，這下子我可不能亂寫（畫）呢！在這裡我可不能當個怪胎，給時雨沢老師跟責編大人增添不必要的麻煩！所以我這畫的是剛睡醒的奇諾，不過我是把她的腳全塗黑，再修正成長褲的喲。

Kadokawa Light Novels

梅格＆賽隆 1~4 待續

Kadokawa Fantastic Novels

作者：時雨沢 惠一　插畫：黑星紅白

新聞社成員將遠赴艾亞可村進行集訓！
優質男孩賽隆能否與少根筋女孩梅格擦出火花!?

賽隆、梅格、拉利、娜塔莉亞、尼克以及珍妮，聚集在艾亞可村的別墅。與梅格兩人一組的賽隆，儘管和平常一樣面無表情，不過內心卻像陶醉在夢境中。兩人在村子邊逛邊拍攝，直到梅格提出要到某個獨戶人家前拍照後，才揭開了這次事件的序幕……

各 NT$160~180/HK$45~50

台湾角川

Kadokawa Light Novels

學園奇諾 1~2 待續

Kadokawa Fantastic Novels

作者：時雨沢惠一　插畫：黑星紅白

惡搞《奇諾の旅》主角們的校園喜劇熱鬧上演!!
建議奇諾的粉絲們，閱讀前請先作好心理準備喔！

女子高中生木乃（日文發音與「奇諾」同為「KINO」），與會說話的手機吊飾漢密斯，過著愉快的校園生活。但是，木乃的真實身分卻是和妖魔戰鬥的正義使者!!另外靜（日文發音與「西茲」同為「SIZU」）學長也登場了，這兩人會激起什麼樣的火花呢!?

各 **NT$200/HK$55**

台湾角川

國家圖書館出版品預行編目資料

奇諾の旅 : the beautiful world / 時雨沢惠一作 ;
莊湘萍譯. -- 初版. -- 臺北市 : 臺灣國際角川,
2008.04-冊 ; 公分. -- (Kadokawa fantastic novels)
譯自 : キノの旅 : the beautiful world
ISBN 978-986-174-642-5(第11冊 : 平裝).--
ISBN 978-986-237-258-6(第12冊 : 平裝)

861.57　　97004532

Kadokawa
Fantastic
Novels

奇諾の旅 XII
—the Beautiful World—

（原著名：キノの旅XII—the Beautiful World—）

2009年9月18日 初版第1刷發行
2022年7月25日 初版第4刷發行

作者：時雨沢惠一
插畫：黑星紅白
日版設計：鎌部善彥

譯者：莊湘萍

發行人：岩崎剛人
總編輯：蔡佩芬
編輯：黎夢萍
美術設計：宋芳茹
印務：李明修（主任）、張加恩（主任）、張凱棋

發行所：台灣角川股份有限公司
地址：104台北市中山區松江路223號3樓
電話：（02）2515-3000
傳真：（02）2515-0033
網址：www.kadokawa.com.tw
劃撥帳戶：台灣角川股份有限公司
劃撥帳號：19487412
法律顧問：有澤法律事務所
製版：巨茂科技印刷有限公司
ISBN：978-986-237-258-6
